主编寄语

　　《心灵读库》（共十本）精选了当代一批优秀作家的经典美文作品，满足了中学生的阅读和写作需求。《心灵读库》是专门为广大中学生朋友量身打造的阅读盛宴和人文修养范本。本书体现了与众不同的风格：

　　◆　美文经典，读写范本。

　　选文皆为当代名家的时文美文，可谓精华荟萃。同时文风鲜明，各有千秋。或言辞隽永，如诗如画；或构思精巧，拍案叫绝；或深邃悠远，回味无穷；或幽默风趣，如浴春风。本书将以其博大精深的真知灼见贯通中学生的智慧，将以其海纳百川的胸襟来滋润中学生的情怀。赋道义于两肩，著千古文章。

　　◆　名家批注，醍醐灌顶。

　　诸位专家谆谆善诱，对文章要义整体评价，对写作技法深入剖析，对精彩妙处一一批注。心思缜密，不遗余力，直指文章亮点；寥寥数语，境界全出，揭示写作规律。时而铿锵有力，时而温声细语。归纳创作要领，演绎写作技术，点评高屋建瓴，批注醍醐灌顶。让学生茅塞顿开，下笔千言如行云流水。

　　◆　知识链接，开拓视野。

　　每一篇美文都会涉及一些或自然的，或科学的，或宗教的，或人文的，等等，各种知识，不一而足。本书编者，根据中学生的实际知识储备状况，倾其全力，耐心筛选链接有益的知识，以求帮助读者开拓视野。

　　精读是形成文风的前提，拓读和泛读是深度的前提，愿《心灵读库》带领读者敲开写作的技巧之门。

袁炳发　壬辰年一月于哈尔滨

心灵读库

心灵读库 9 成功在握

伸手点燃成功的灯

袁炳发/主编

高杨/分册主编

陆建华 丛琳 王秀荣/编委

吉林大学出版社

图书在版编目（CIP）数据

伸手点燃成功的灯：成功在握/袁炳发主编.--
长春：吉林大学出版社,2012.1
（心灵读库）
ISBN 978-7-5601-8022-9

Ⅰ．①伸…　Ⅱ．①袁…　Ⅲ．①散文集—世界　Ⅳ.
①I16

中国版本图书馆CIP数据核字(2011)第263798号

书　名：伸手点燃成功的灯——成功在握
作　者：袁炳发 主编

责任编辑、责任校对：刘冠宏 魏丹丹　　　　　　装帧设计：李岩冰 董晓丽
吉林大学出版社出版、发行　　　　　　　　吉林市海阔工贸有限公司 印刷
开本：787×1092　　毫米：1/16　　　　　2012年1月 第1版
印张：12　　　　字数：240千字　　　　　2015年4月 第5次印刷
ISBN 978-7-5601-8022-9　　　　　　　　　定价：19.80元

社址：长春市明德路501号　邮编：130021
发行部电话：0431-89580026/28/29
网址：http://www.jlup.com.cn
E-mail:jlup@mail.jlu.edu.cn

目录

成功要折腾

　　对于每个人来说，如果总是安于今天，那么他的一生只会不断地重复今天。只有在否定今天的基础上追求更高的起点，才能不断获得新的成功。这样的人生或许充满了动荡与坎坷，但正所谓"无限风光在险峰"，经过磨砺的人生终将大放异彩！

文／张洪静

当你遭遇"三季人"

有一天，有个人来到孔子教学的地方。只见一个年轻人在大院门口打扫院子。他便上前问道："你是孔子的学生吗？"年轻人谦虚地答道："是的，有何见教？"

对方说道："我想请教你一个问题，如果你说得对，我向你磕三个响头；如果你说得不对，向我磕三个响头。"年轻人为了老师的名誉爽快地答应了。那人的问题是一年有几季，年轻人不假思索地脱口而出："四季。"对方说："不对，是三季。"于是两人三季、四季地争论不休。这时候，孔子从院内出来，年轻人好像遇到救星一般，上前讲明原委，让孔子品评。不料，孔子对他的学生说道："一年的确只有三季，你输了。给人家磕响头去吧。"年轻人磕了三个响头，来人得意而去。其后，年轻人忙问老师："这与您所教有别啊，一年的确有四季啊？"孔子说道："这人一身绿衣，和你争论时又一口咬定一年只有三季。他分明是个蚱蜢。蚱蜢者，春天生，秋天亡，一生只经历过春、夏、秋三季，从来没见过冬天，所以在他的思维里，根本就没有'冬季'这个概念。你跟这样的人就是争上三天三夜也不会有结果，意义何在？"

有人聪明，有人愚笨，有人机灵，有人迟钝，而在这芸芸众生之中，有一种人最有意思。他们就像这故

以孔子与学生间的故事作为文章开头具有极强说服力，同时也表明了"三季人"称号的具体由来，开篇点题用意深刻。

"一年有几季"答案显而易见，然而来人一直纠缠不休，不能被说服，也毫无说服的价值，这便是我们所，说的"无谓的倔强"。

"三天三夜也不会有结果，意义何在"这是孔子这段话的精髓所在，点出了"三季人"的性质，也说明与其争论毫无意义，不如放手。

运用下定义的方式，解释"三季人"。

事里只经历过三个季节的蚱蜢一样，无论怎样，你都无法和他说明白道理，最后往往闹得不欢而散。这种极其难缠不明事理又非常倔强不讲道理的人，我们就称呼他们为"三季人"。

产生三季人的原因有很多。有的人是因为天生智力低下，有的人是因为文化不够，有的人是因为视野不够开阔，有的人是因为经历不够丰富，而有的人则是因为性格怪癖无法进行有效地沟通。

作为下文的总结，围绕其展开讨论。

引用古话，转入对如何处理与这一人群关系的探究。

中国有句古话，叫做"宁给好汉牵马坠蹬，不给赖汉当祖宗"。所谓好汉就是明白事理，你能够和他进行良好沟通并且互相学习互相进步的人；而所谓赖汉，就是说的这种三季人，无论你费了多少口舌，你都没办法和他讲清楚一些最基本的是非和道理。在人际交往的过程中，这种"三季人"最让人头疼，也是我们必须要应对的麻烦。

"敬而远之"正是与此类人的交往的第一原则。

当遭遇到"三季人"的时候，摆事实讲道理根本不会奏效，面对这样不讲理的活宝，你只能巧妙地顺承对方，然后敬而远之，以不影响自身的生活和不让自己陷入到无谓的争执之中为根本原则。

摩根弗里曼是好莱坞著名的影帝。在参加一个剧组拍摄的过程中，摩根弗里曼发现剧组里有一个很奇怪的现象，那就是每当拍摄结束之后，所有的演职人员都和剧组里的一位副导演保持着距离，谁也不主动去找他。所以，每次拍摄完了之后，大伙儿都聚在一起吃饭聊天，只有这位副导演身边显得非常冷清。

在这个剧组里，除了摩根弗里曼之外，其他人都是合作了多次的老朋友，所以他对剧组里的人并不太熟悉。看到这个怪异的现象之后，摩根弗里曼悄悄地向一个演员打听了一下，问他为什么大家都远远地躲着这个副导演？这个演员无奈地耸耸肩，好像有什么说不出的苦衷一样，什么也没说，默默地走开了。

烘托出人们对于"三季人"的无奈。

几天之后，摩根弗里曼终于明白了大家为什么不愿意和这个副导演交流了。这一天，摩根弗里曼因为拍摄过程中的一些问题找到了副导演，在副导演的屋子里聊完工作之后，副导演忽然聊起了橄榄球比赛。摩根弗里曼发现对方非常狂热地支持一个球队，并且一口咬定这个球队一定会夺冠。摩根弗里曼也是一个资深的橄榄球球迷了，他知道这支球队无论是从战术体系还是球员天分上都根本不具备夺冠的实力，并且他们的战绩也一直不好。

衬托出"三季人"怪异的思维方式。

刚开始的时候，摩根弗里曼还耐心地和对方分析着这支球队的不足。渐渐地，他发现不管自己的分析多么理性多么缜密，副导演根本都听不进去，而且副导演的情绪越来越激动，额头上的青筋也蹦了起来。

反衬出"三季人"的固执、愚钝。

摩根弗里曼知道再这样争辩下去不仅不能争论出个结果来，而且还很有可能伤害彼此的感情。于是，聪明的摩根弗里曼连忙话锋一转，说道："虽然这支球队有很多不足，但我也很看好他们，他们还是很有夺冠希望的。"摩根弗里曼说完之后，副导演的脸上露出了笑容，显得很高兴，两个人之间的气氛一下子变得非常轻松欢快起来。

运用对比的手法，将"三季人"前后的态度突显出来。

摩根弗里曼趁着对方高兴的时候，连忙起身告辞。他刚离开副导演的屋子，一直在外的剧组成员呼啦一下把他围了起来，连忙打听他是不是也和这个不可理喻的球迷争了个面红耳赤。摩根弗里曼微笑着摇了摇头说道："我从不做无谓的争论，尤其是和无法沟通的人。我支持了他的观点，以此避免了一次毫无意义的争论，这难道不是一个好办法吗？"

点明对待"三季人"的正确方式，表明作者的观点。

充满了智慧的摩根弗里曼就这样巧妙地将一次不愉快的争论消灭在了萌芽之中，为自己在人际交往上减少了不必要的麻烦。"夏虫不足语于冰"，一个人的思维一旦陷入到了错误狭窄目光短浅的模式之后，你很难和他进行沟通。当我们面对这种人的时候，没必要争个面红耳赤，简单的顺应他们的话题应承一下，既让他获得了内心的满足和快乐，又让自己减少

总结出处理"三季人"问题的关键是心态。

了麻烦，对别人对自己都是好事一件。

当你遭遇不可理喻的"三季人"时，我们不妨退让一步，承认他们的观点，然后尽快结束这毫无意义的讨论，避免产生不必要的麻烦，从而将我们的精力放到更有意义的社交活动中去。

在社交中，真正的智者才懂得忍让"三季人"，不浪费自己的时间和生命。

放平心态，"不浪费自己的时间和生命"这才是正确的处世之道。点明主旨，总结全文。

 点评

对于每个人来说，身处纷繁复杂、日新月异的社会，作为芸芸众生中必须参与的一份子，人际关系的处理就显得尤为重要。在现代社会，人际交往已经发展成一种技能，它不仅可以提高工作与办事效率，更是体现个人综合素质的一种重要方式。在这种大环境下"三季人"的大行其道就愈发令人头疼，与其谈话不仅会让自己劳神费心，更会影响到自己的心情与积极性。于是作者为我们勾勒了两位智者的形象，他们用自身经历教导我们遇上"三季人"不要害怕，只要有正确积极的心态，淡泊无畏的心理，及时停止不必要的争论，就可以消除一切影响。无论对自己还是他人都应拥有一个博大的胸襟和心灵，所谓"公道自在人心"，对于没有必要进行辩论的事实和"不能被说服"的人，敬而远之、亲而迎合之，是一种正确明智的选择。豁达一些吧！"三季人"的存在不过是一次磨砺，有了他们反而会让自己的忍耐力更上了一个台阶！

李晟炜 ◎ 评

知识链接

孔子，名丘，字仲尼。排行老二，汉族人，春秋时期鲁国人。孔子是我国古代伟大的思想家和教育家，儒家学派创始人，世界最著名的文化名人之一。编撰了我国第一部编年体史书《春秋》。据有关记载，孔子出生于鲁国陬邑昌平乡（今山东省曲阜市东南的南辛镇鲁源村）。孔子逝世时，享年73岁，葬于曲阜城北泗水之上，即今日孔林所在地。孔子的言行思想主要载于语录体散文集《论语》及先秦和秦汉保存下的《史记·孔子世家》。

文/张 珺

成大事者 不欺心

在一次激烈的比赛中，环法自行车赛的传奇人物阿姆斯特朗感觉到了巨大的压力。一个体力充沛、战术合理的自行车手始终紧紧地跟随着阿姆斯特朗，将其他人远远地甩在身后，两个人近得几乎可以听见彼此粗重的呼吸声。车轮飞速旋转，两个自行车手飞快地从公路上疾驰而过，突然，在一个拐弯的地方年轻的自行车手猛然加速，他的自行车巧妙地绕到了阿姆斯特朗的前面。于是，两个人就进入到了你争我赶、交替领先的白热化的竞争阶段。又过了一会儿，阿姆斯特朗的自行车渐渐超过了对方。可就在这个时候，心急如焚的阿姆斯特朗不小心和对方撞到了一起。阿姆斯特朗被撞下了车，但没有受伤，可是对方却摔倒在地。这次比赛进行得非常激烈，其他选手落后的也并不远，随时可能追上来。阿姆斯特朗原本可以立刻骑上自行车继续比赛，可是他毫不犹豫地跑到了年轻人的身边。经过反复询问之后，在确定了对方没有受伤之后，阿姆斯特朗执意要求和对方同时重新比赛，不占对手的一点便宜。经过不懈地努力，阿姆斯特朗最终获得了比赛的胜利。在赛后，人们从年轻人口中才知道了途中发生的意外，大家对阿姆斯特朗赞不绝口。

有记者问阿姆斯特朗当时为什么要停下来？要知

开篇以阿姆斯特朗的故事为例点出了本文的论点——"成大事者，不欺心"。文章结构紧凑，引人入胜。

运用细节描写的手法写出比赛的激烈，为下文对手摔倒作铺垫。反衬出阿姆斯特朗精神的可贵。

道自行车赛的成败往往就决定在谁领先对手几秒钟上。阿姆斯特朗露出阳光一样灿烂的微笑："我不能欺骗我的心，如果我没有停下来，那么这个阴影我一辈子都挥之不去！一个人要成功，不仅要靠实力，更要心怀坦荡，不做亏心事！"阿姆斯特朗说完之后，现场爆发起了雷鸣般的掌声，这掌声不仅是送给一个冠军的，更是送给一个拥有伟大人格的人的。

成大事者，不欺心。一个人要想做成大事业，就必须有一个良好的心态，很难想象一个内心充满了阴暗和欺诈的人能够取得让人仰视的成绩。所以，人生一世要想做出一番事业来，首先就要不欺心不做亏心事，只有这样你才能坦坦荡荡地为人处世，拥有健康阳光的心态。而一个拥有了良好心态的人，才能将自己的才能最大程度地发挥出来，也只有这样的人才能够得到别人的信任与尊重。一个能够完全发挥自己才能并且得到别人尊重和支持的人，才可能取得成功。所以，不欺心的人，才是拥有大智慧的人，也才能取得最后的胜利。从这点上，我们也不难发现，正是因为阿姆斯特朗做事不欺心，才拥有了良好的心态，从而创造了环法自行车赛历史上的奇迹。不仅阿姆斯特朗是这样令人尊敬的不欺心的人，中国古代名将郭子仪也拥有这样让人钦佩的品质。

郭子仪早年命运多舛，生活困顿，好不容易因为战功得到了提升，却万万没有想到这时候突然飞来了横祸。有一次，郭子仪和一个将军因为如何行军布阵发生了分歧，两个人当众争吵了起来。事后，郭子仪根本没有把这件事情放在心上，可是没想到对方却怀恨在心，偷偷在背后散播谣言，说郭子仪的坏话，后来更是向上级打小报告，恨不得将郭子仪置于死地。虽然对方没能达成心愿，可是从此两个人就结下了仇。

说来也巧，在几年后的一次大战中，这个将领被敌军团团围住，而郭子仪的军队恰好就在附近。在讨论是否该去救援的时候，郭子仪的部将几乎一边倒

引用阿姆斯特朗的话点出"不欺心"的主题。通过记者采访及现场掌声侧面点明了成大事者不欺心的道理。

承上启下。开始论证本文论点，只有不欺骗自己不做亏心事，坦坦荡荡才能赢得信任和尊重，才能成大事，取得成功。

从阿姆斯特朗比赛过渡到下一段自然引出郭子仪的事例。

交待了故事背景，为下文作铺垫，突现了郭子仪的大度和"不欺心"的品质。

同样在军队都要袖手旁观时，郭子仪的话点出了本文主题。

地赞成袖手旁观,替郭子仪出气。可大家没想到郭子仪忽然站起身说道:"我和他只是意气之争,而今天他为保卫家国身陷重围,我不能见死不救!如果我做了这种亏心事,那么一辈子也不会安宁的!"说完,郭子仪跨上战马,赶去支援。当对方被救出重围得知了事情的前因后果之后,扑通一下跪在了郭子仪的面前,虎目含泪,哽咽无语。郭子仪哈哈大笑着扶起了对方,对以往的事情全部释怀。从此之后,两人便成为了生死之交。

反衬出郭子仪的宽容、大度,再次点明了主题"成大事者不欺心"。

郭子仪没有落井下石,在国家危难之时,没有打自己的小算盘,没做亏心事。也正因为如此,他的举动让人们对他的人格更加钦佩,更愿意追随他,而且还为自己赢得了一个生死之交。现在的年轻人总是在哀叹人心艰险,无论是在生活中还是工作中都很难结交真心的朋友。出了问题,我们不能抱怨环境不好,更要从自己身上找原因。要想在现实生活中赢得尊重、赢得朋友、赢得支持,你首先就必须是一个不欺心不做亏心事的人。只有你自己万事不欺心,光明磊落地做人,才能在人们面前展现出一个让人值得信赖和依靠的人。这样的人就像磁铁一样,能够用自己宽广的胸怀和过人的魅力赢得无数的支持,从而依靠这些支持和自己的实力做出一番大事业来。古今中外,能成大事者,都是不欺心的人物,著名企业家鲁冠球也是这样的人。

再一次议论说明做人要光明磊落。

运用比喻的修辞手法,使语言更形象、生动,富有表现力。

过渡引出下一段鲁冠球的事例。

这天傍晚,财务室的主管忽然急匆匆地找到了鲁冠球。主管告诉鲁冠球,一个刚刚合作的客户发错了货物,对方发来的货物总量远远超过了公司所购买的数量——对方发多了货物,鲁冠球的公司占了便宜。

可鲁冠球几乎想都没想就立刻说道:"立刻给对方打电话,把他们多发来的货物退回去。"很快,财务主管又跑了回来,告诉鲁冠球对方的电话一直占线。鲁冠球二话不说,拿起自己的电话就拨打了起来。就这样,鲁冠球反复拨打,终于打通了电话。当对方听

"反复""二话不说"等词表现出了鲁冠球优秀的品质。

明白了之后，感激不已。几天之后，对方的老总亲自上门来道谢，见了鲁冠球之后，对方的老总激动不已地说道："你要是不说，我们这次损失就大了！"鲁冠球笑着告诉对方："做生意是为了赚钱，但不是赚欺心钱，我不能为了利益丢了良心。"鲁冠球的话让对方感动得红了眼睛。这件事情之后，这个客户立刻决定和鲁冠球的企业建立长期的合作关系，从而创造了企业界的一段佳话。

再次点出本文论点，增强说服力。

鲁冠球没有欺心，放弃了暂时的小利，却赢得了人生的大利。根茎健康的花才能开出绚烂美丽的花瓣，良好健康的心态才能赢得人生的成功。我们要想活得精彩，干出一番事业来，就必须从这些前辈们身上汲取智慧的养料。成大事者，不欺心，心中没有半点的阴暗恶毒，以坦荡的胸怀和人格魅力得到人们越来越多的尊重和钦佩。立地三尺有神明，这神明就是你的良心，这神明就是他人对你的看法和评价。一个做事不欺心的人，既能让自己良心平静轻松，又能让他人钦佩敬仰，于人于己，都是有百利而无一害的。

最后一段总结紧扣主题，写出了成大事者不欺心的含义及影响。

　　文章主旨鲜明、结构紧凑、论据充分、语言流畅，申明成大事者不欺心，活在世上做人要坦坦荡荡，不占小便宜，不让心中有一点儿阴暗，才能最终走向成功。

徐睿良 ◎ 评

=== 知识链接 ===

　　郭子仪 (697-781)，中唐名将，汉族，华州郑县 (今陕西华县) 人，祖籍：山西汾阳。以武举高第入仕从军，累迁至九原太守、朔方节度右兵马使。天宝十四载 (755)，安史之乱爆发后，任朔方节度使，率军收复洛阳、长安两京，功居平乱之首，晋为中书令，封汾阳郡王。代宗时，又平定仆固怀恩叛乱，并说服回纥首长，共破吐蕃，朝廷赖以为安。郭子仪戎马一生，屡建奇功，大唐因有他而获得安宁达20多年，史称"权倾天下而朝不忌，功盖一代而主不疑"，举国上下，享有崇高的威望和声誉。年八十五寿终，赐谥忠武，配飨代宗庙廷。

文/苏　昀

成功要折腾

上世纪80年代，有一个叫李勇的小伙子到深圳打工，在车站里，结识了一位来自北方的年轻人。这个北方人身材瘦小，留着小平头，也是来深圳闯荡的，两人越聊越投机，很快就亲如兄弟，李勇亲切地称呼对方为"小平头"。

在深圳，他们举目无亲，彼此患难与共。白天，四处找工作；晚上，就挤在廉价的招待所里。一个多星期后，他们仍没找到工作，口袋里的钱却所剩无几。小伙子十分沮丧，"小平头"却乐观地说："我们不是有一身力气吗？明天去卖苦力吧！"

第二天，他们找到挑砖头的活儿，每天10元。小伙子高兴地说："我们在这里长干吧，每月能赚300元呢，不少了！""小平头"笑笑，没说什么。

一个月后，在"小平头"的极力建议下，他们应聘到一家销售公司上班。凭借两人的勤奋与努力，他们的工资涨到了每月500元。李勇非常满意，哪料不久，"小平头"又提议："报纸上说海南建省了，成了我国最大的经济特区，我们一起闯海南吧！"

他们又来到人生地不熟的海南，再次开始了艰辛的找工作历程。多日未果，攒下的积蓄即将花光，李勇心急如焚，抱怨不该丢掉以前的工作。"小平头"却说："机会总会有的，不如我们再去做苦力吧，边做边

外貌描写，突出了主人公的特点。为下文的称呼作了铺垫。

生动地描绘写出了两人在深圳打工的艰辛与困境。

通过"十分沮丧"和乐观对比表现出两人截然不同的生活态度。小伙子悲观而"小平头"却以乐观积极的人生态度来看待生活。两种生活态度决定了后文二人不同的遭遇。为后文埋下了伏笔。

"极力"说明了小伙子很难被劝动，他安于现状，对人生没有长远的打算，只在意眼前的利益。"小平头"的笑是一种无奈的笑，而在他心中早已有了更远大的志向和抱负。

"心急如焚"体现了李勇目光短浅，而"小平头"的安慰表现出他的乐观和为他人着想的精神。"抱怨"体现了李勇的性格特征。

等。"就这样，他们来到一家砖厂，活又脏又累，但好歹解决了生计问题。

"吓得胆战心惊"说明了李勇从未有过如此大胆的想法。李勇是十分安于现状的，可见他从没有想过要突破现状。岂知塞翁失马，焉知非福！

半年后，两人刚刚安定下来，"小平头"突发奇想，决定承包砖厂。李勇吓得胆战心惊，迫于兄弟情面，只好硬着头皮跟他一起干。不幸的是，没多久，海南房地产市场跌入低谷，砖头卖不出去，所有砖瓦不得不低价处理掉。这次打击让李勇变得很消沉，"小平头"劝道："老弟，不要伤心，经历过，失败过，才能成功，我们再出去闯荡吧，相信明天一定属于我们的……"李勇摇了摇头，坚定地说："我不想再折腾了！我的理想是每天都有饱饭吃就行了。"从此，他们分道扬镳。

转眼二十年过去了，李勇辗转于各个城市打工。这一年，他来到北京，听说有家名为"SOHO中国"的公司正在盖房子，就应聘到该工地当小工。闲聊的时候，工友说："你们知道吗，SOHO的老板以前也是打工的，叫潘石屹。"李勇一听，内心顿时掀起狂涛巨澜。没错，当下拥有300亿资产、现任SOHO中国的董事长潘石屹，正是二十年前与他一起挑过砖、同吃一盒饭的那个"小平头"。

"狂涛巨澜"表现出李勇吃惊、惊喜、愧疚、羡慕等复杂的心理活动。

二十年的时间，李勇从一个工地转到另一个工地，潘石屹却从工地跳到了大公司总裁的位置，是什么让曾经相濡以沫的兄弟产生如此大的人生落差呢？接受采访时，李勇感慨地说："潘石屹的成功不是偶然的。因为每当在生活的岔道口，我只图安稳，只要今天能吃着馒头，就不奢求明天能有蛋糕！而潘石屹永远不满足现状，永远对明天充满渴望，所以不断地'折腾'，终于折腾成了亿万富翁！这就是我跟他的区别呀！"

阐明两人产生人生的落差的原因。对比鲜明，点明主旨。

引用古诗，突出主题，阐明作者的观点。

对于每个人来说，如果总是安于今天，那么他的一生只会不断地重复今天。只有在否定今天的基础上追求更高的起点，才能不断获得新的成功。这样的人生或许充满了动荡与坎坷，但正所谓"无限风光在险峰"，经过磨砺的人生终将大放异彩！

（点）（评）

　　文章紧扣主题，结构严谨，通过讲述两个打工仔艰苦创业的故事来说明道理。文中的"小伙子"与"小平头"不同的人生态度使同样出身的二人有了两种截然不同的结局。说明人要想成功就必须经得起磨砺，面对困难要乐观、勇敢，并且目光要放长远些。文中小伙子因经不起磨砺而与成功擦肩而过，他正是现在社会中一部分人的真实写照，这些人因为安于现状，没有远大目标，只配做个打工仔。潘石屹则是一位具有远见卓识的智者，他是成功人士的典范。本文李勇与潘石屹形成鲜明的对比，带给读者极大的启示。面对困难不能气馁，时刻保持乐观向上的人生态度，才能成为一个真正的成功者。

张恕 ◎ 评

■■■ 知识链接 ■■■

　　1988年4月13日，第七届全国人民代表大会第一次会议通过《关于设立海南省的决定》和《关于建立海南经济特区的决议》。1988年4月26日，中共海南省委、海南省人民政府正式挂牌。从此，海南成为我国第五个经济特区，海南的发展进入了一个崭新的历史时期。海南岛是中国南海上的一颗璀璨的明珠，是仅次于台湾的全国第二大岛。海南省是中国陆地面积最小、海洋面积最大的省。

文/经 典

人生只有一首奏鸣曲

首先集中评价了塞·沙巴尔在法国的地位，又描述了他的性格，即为人随和。但如此低调平和之人同样会遭遇麻烦，让人惊讶，从而引出下文。

胡须猛男塞·沙巴尔是法国著名的橄榄球巨星，他不仅球打得好，而且为人随和，人缘非常好。然而，就是这样一个为人低调平和的巨星却在一次比赛前遇到了意想不到的麻烦。

那是一场至关重要的比赛，参赛的双方都是法国顶级的橄榄球队，谁都知道这将是一场恶战。在比赛前，球迷们早就苦苦守候在体育场外等待着橄榄球明星们的到来。塞·沙巴尔的对手刚刚下了车，正在接受球迷们热情的欢迎。突然，球迷中间开始了巨大的骚动，成群的球迷像潮水一般向另一辆刚刚停下的车跑去——球迷们疯狂地涌向了刚刚赶到的塞·沙巴尔和他的球队。

通过描写球迷们与塞·沙巴尔见面时的情景，从侧面烘托出他受人欢迎，同时也为后文对方的队长来挑衅作铺垫。

塞·沙巴尔受到了英雄一样的礼遇，球迷们高呼着他的名字，为这个传奇人物奉上自己最虔诚的敬意。同样是顶级的橄榄球队，塞·沙巴尔带领的球队受到了人们狂热的追捧，而对手的球队则被晾在了一边。对方的队长心里像倒了醋瓶子一样，特别不是滋味儿。血气方刚的他推开人群，走到塞·沙巴尔面前，用极其挑衅的目光看着塞·沙巴尔。球迷们被这突然发生的变故惊呆了，不知道对方的队长要干什么。两个人就这样在球迷的环绕中默默地看着对方，忽然，对方的队长轻蔑地吹了吹塞·沙巴尔长长的胡须，高

运用鲜明的对比，形象生动地说明对方队长心理的不平衡，点明事情产生原因。

傲地说道："我今天就要让所有人看看法国最好的橄榄球明星是谁？"

被激怒的塞·沙巴尔怒目相向，刚要发作，却被闻讯赶来的教练紧紧地抱住了。憋了一肚子火的塞·沙巴尔紧咬钢牙，和队友们一起去休息室更换了运动服。那天的比赛进行得空前激烈，尤其是塞·沙巴尔和对方的队长，两个男人的眼里像是在喷火一样目不转睛地瞪着对方。比赛一开始，两个人的动作就相当粗野，塞·沙巴尔很快就被对方的队长撞出了伤口，胳膊上剧烈的疼痛让他的动作变得有些迟缓起来。同样身经百战的对方很快就发现了塞·沙巴尔受伤了，于是故意在接触的时候用尽全身的力气发狠地撞击塞·沙巴尔受伤的部位，于是撕裂般的疼痛源源不断地从伤口蔓延开来，塞·沙巴尔差点痛晕过去。

然而，让对手没有想到的是，塞·沙巴尔的意志竟是如此的顽强，竟然能够忍受着剧痛不断得分，并且一次次将对方的队长撞飞出去。每当两个人的肌肉发生碰撞时，对方就能感觉到塞·沙巴尔因为伤口的剧痛而轻微地颤抖着，然而男儿的斗志让他死战不退，这种不要命的打法让对方的队长都有些畏惧了。于是，在肌肉猛烈地撞击声和怒吼声中，塞·沙巴尔带领着自己的橄榄球队赢得了最终的胜利。

比赛结束之后，对方的队长狠狠地扔下了自己的橄榄球球服，转身离开了。

不过，非常戏剧性的是几天之后，当有伤未愈，正在休假的塞·沙巴尔从郊外钓鱼回来的时候，这对冤家对头又碰上了。那天本来晴空万里，可是天有不测风云，转眼之间就下起了瓢泼大雨。钓完鱼的塞·沙巴尔正开着车向家里赶去，忽然他发现了一个熟悉的身影正在公路上狂奔。塞·沙巴尔开车绕到了对方的身前，然后停下来打开了车门，这时他才吃惊地发现正在狂奔的人正是自己的死对头。

两个人陷入了尴尬之中，尤其是对方，冷冷地看

此处两人的冲突，为后文两人在球场上激战作铺垫。

描写了塞·沙巴尔与对方队长的激战，为下文塞·沙巴尔取得胜利作铺垫。

融情于景，为后文塞·沙巴尔帮助对手作铺垫。

了塞·沙巴尔一眼之后，没有带雨具的他又继续向前跑去。雨越来越大，再好的身体也经不住这么大的雨，塞·沙巴尔连忙开车追上对方，再次停在了对方身前。"你要干什么！"对方怒气冲冲的吼道。塞·沙巴尔微笑着摊开手，说道："朋友，我只是不想一个人开车回去，你上来陪我聊聊天吧。"说完，塞·沙巴尔又做了一个鬼脸，对方紧绷的脸也放松了下来，跟着塞·沙巴尔上了车。

将对方的做法与塞·沙巴尔的做法进行对比，突出塞·沙巴尔为人随和、友善待人的特点，与文章第一段形成呼应。

坐上车之后，塞·沙巴尔像什么也没发生一样，和对方聊起了天，从音乐到绘画，从古希腊哲学到橄榄球比赛的技巧。对方本来还以为塞·沙巴尔会借机捉弄自己，正时刻准备着还击，没想到塞·沙巴尔却根本没有丝毫揶揄讽刺的意思。对方很快就被塞·沙巴尔欢快的情绪感染了，两个人开起了玩笑，相谈甚欢。聊着聊着，两个人发现彼此的共同点越来越多，尤其是在橄榄球方面，这两个视橄榄球为生命的男人就像找到了知己一样越聊越开心。

描写了塞·沙巴尔与对方相谈甚欢的情景，进一步突出他的友善随和。

那天回家之后，两个人甚至还在电话里继续聊了一会儿橄榄球，从这之后，彼此心中的疙瘩也不复存在了，两个人成为了很要好的朋友。两人之间关系的迅速转变让所有人都大跌眼镜，一个记者在采访塞·沙巴尔的时候笑着问他到底使用了什么魔法让两个仇敌一样的人转眼之间就成为了朋友。"人生只有一首奏鸣曲，而那些无谓的纷争斗气都是杂音而已。我只是努力将杂音消除，不让这些不和谐的音调破坏了人生的乐曲而已"，塞·沙巴尔这样回答。

借引用塞·沙巴尔的话，点明了文章的主题。

2010年年初，法国人进行了一次体育明星的评选，塞·沙巴尔力压国际足坛巨星亨利等人，成为了法国人最喜爱的巨星。一个受访者是这么评价塞·沙巴尔的："他的球技让人惊叹，他那长而飘逸的胡须让人陶醉，而他那与众不同的博大心胸更让人敬佩。"

人生只有一首奏鸣曲，也只有一个音调，那就是用毕生的努力去奋斗，去认识自我，发现自我，展示自我，将生命的力量在合适的领域里完美地爆发出来。不要让那些冲突摩擦的杂音扰乱了你的人生乐曲。为人处世，要有消除矛盾的手段，更要有包容别人的胸怀，还要有化敌为友的境界。

点明主旨、升华主题，写出了人要有包容别人的胸怀。

点 评

　　宽容是人与人相处时最好的润滑剂，而文章也向我们诠释了这个道理，两个本水火不容的人因一件小事而成为朋友。如果我们在日常生活中多抱人以微笑，也许我们会发现生活更加美好。

刘芯宏 ◎ 评

知识链接

　　奏鸣曲(Sonata)是种乐器音乐的写作方式，此字汇源自拉丁文的sonare，即发出声响。在古典音乐史上，此种曲式随着各个乐派的风格不同也有着不同的发展。奏鸣曲的曲式从古典乐派时期开始逐步发展完善。19世纪初，给各类乐器演奏的奏鸣曲大量出现，奏鸣曲俨然成为了西方古典音乐的主要表现方式。到了20世纪，作曲家依然创作着给乐器演奏的奏鸣曲，但相较于古典乐派以及浪漫乐派的奏鸣曲，20世纪的奏鸣曲在曲式方面已有了不同的面貌。亦称"奏鸣曲套曲"。由3、4个相互形成对比的乐章构成，用1件乐器独奏或1件乐器与钢琴合奏。

第二辑

帮人要讲究好方法

　　想要帮助他人，需要的不仅是热心，更要得法。只有在顾及受助者以及其他人感受的同时，采用合理、巧妙的方法，选取恰当时机，救人所急，才能达到皆大欢喜的良好效果。

文／崔海峰

我们怎样才能发财

世人熙熙，皆为利来；世人攘攘，皆为利往。赚钱发财，让自己和家人都过上好日子，这是天经地义的道理，也是古往今来人们最迫切想实现的目标之一。

那么，我们怎样才能发财？

除了一夜暴富买彩票中了五百万，意外获得海外遗产这些小概率事件之外，所有能够发财的人几乎都是某一个行业里的佼佼者，而这些事业成功的人又都具有惊人的相似之处——精力充沛，非常上进。

中国古代的相术大师们看一个人将来能否拥有财富时，就是看这个人是否精神饱满，努力上进。如果一个人整天萎靡不振，睡眼惺忪，垂头丧气，那么他除了吃饭睡觉之外所剩下的精力肯定也不多了。就凭这么一丁点勉强的精力，想在刀光剑影的名利场里杀出重围是根本不可能的。所以精神饱满积极上进的人才有可能成为某一个行业的精英，也只有这样的精英才能整合各种资源，拓宽生财渠道，财源广进。

其实，我们每一个人天生都是精神饱满，努力上进的人。小时候，当老师问起我们的理想时，我们会高高地举起自己的小胖手，昂着头告诉老师我们要去做科学家、军事家、文学家、宇航员。那时候的我们充满了精神，每天都积极努力。可是，当我们在复杂的社会上摸爬滚打了一圈儿之后，很多人就失去了饱满

标题引人注目，开头引用名言，具有说服力，同时引起下文的议论，承上启下。此段提出"发财"的原因即精神上的上进。这是作者全文所要论证的观点。

运用假设的方法进行论证。

为下文发表意见作铺垫。

的精神和积极奋进的态度，这是因为我们宝贵的精力都被消耗在复杂多变的人际关系之中，已经没有更多的精力去做好我们该做的事情了。

所以，要想发财，我们就必须牢牢记住两点——少说过火的话，少做后悔的事。

少说过火话，因为我们的嘴，是一个冒失鬼。人在红尘行走，常常能遇到各种各样不顺心的事情，而每当遇到这种事情的时候，这个冒失鬼就会为了图一时口舌之快说出过火的话。比如同在一个办公室里，和你一起合作的同事因为种种原因拖了你的后腿，让你们两个人都挨了老板的训。这时木已成舟，挨骂完了之后你还对同事大吼："你怎么这么没用！"这话说完了，你心里倒是痛快了，可和对方也就结了仇。话是一把七尺剑，可以救人，也可以杀人。你这过火的话一剑就割断了你们两人之间的友谊，从此之后，你就不得不多拿出一份精力来时刻防备应对一个新增的敌人。

你或是抱怨朋友言而无信，或是讥笑他人没有品位，或是开不合时宜的玩笑，每一句过火的话都会给你制造潜在的敌人，从而让你的人生道路增加更多的阻碍，需要你拿出更多的精力去面对去消耗。

少做后悔事，因为后悔是腐蚀我们心力的硫酸。明明知道自己长时间工作之后已经过度疲惫了，根本就不能去参加那些没有意义的聚会，更没有必要去见那些吃喝玩乐的玩伴。可是却经不住狐朋狗友的反复劝说碍于面子不得不去。这一去，不仅耽误了自己学习和陪家人共享时光的时间，更是让自己的精力彻底透支，深夜回来说不定还偶感风寒。最痛苦的是，每当想起这些事，就后悔不已，因后悔而生的烦恼更是会悄悄地消耗着你的心力。

所以，如果有些事我们知道做了一定会后悔，那么就一定不要去做，不管别人怎么劝你，也不管面子上多么不好看，比起以后因此而生的烦恼和被摧毁的

运用比喻的修辞方法，使语言更生动。

举例来论证观点，更具说服力。

西欧谚语：不要让昨日的事耗费今日太多时间，今日的时间用来做今日之事还不够用，用来回忆自责还会偷走一部分时间，没有足够的时间，怎能有足够的精力？

精力来说，这些都不算什么。

　　每个人天生的精力都差不多，都是精神饱满，神采奕奕。少说过火话，少做后悔事，就是让你减少外界的摩擦和自身的烦恼，并且因此多保存一些精力去做该做的事情。

结尾点题，点明主旨，引人深思。

　　精神饱满，求知上进，这才是你能否取得成功和发财的关键。而如何掌握说话做事的火候，则是你能否积攒精力的关键。求财，说到底还是要从做人做起，如果能够参透做人的智慧，财源自然滚滚而来。

　　乍一看文章题目，也许是一篇关于理财方面的文章，可是纵观全文后，才发现这是一篇关于做人及成功的文章。本文条理清晰、结构严谨，以"我们怎样发财"为线索依次推理，先得出精力充沛是成功的原因，而做人则是精力充沛的原因，再写如何才能做一个精神饱满的人。结尾点题，说明做人才是成功的根本，发人深省。

张钰疃 ◎ 评

=== 知识链接 ===

　　相法是以人的面貌、五官、骨骼、气色、体态、手纹等推测吉凶祸福、贵贱天寿的相面之术。《麻衣相法》全称《麻衣相法全编》，传说是宋初大相术家陈抟的师傅麻衣道者所作。宋以后的相书很多，如《柳庄相法》《相法全编》《水镜集》《相理衡真》等等，不计其数，但影响最大的还是《麻衣相法》。

文/汲　汲

帮人要讲究好方法

开篇点题——帮人需要讲究好方法，交代全文写作内容，引发读者思考，引出下文。

引用古代名贤的故事，说明要学会巧妙地运用方法来帮助人，不要伤害他人自尊。

生活中，许多热心肠的朋友经常会帮助那些身陷困境的朋友。可有些时候，最终结果并非他们原来所想象的那样完美，反而会出现一些令人尴尬的事情：善举并没有得到受助者的理解，甚至还会引起反感。所以说，好心不一定能办成好事，帮人还需讲究好方法。

北宋大臣韩琦生性豪爽，爱交朋友。一次偶然的机会，韩琦认识了一个青年。这个青年出身贫寒，独自在外闯荡，生活过得很艰辛。交往中，韩琦从这个青年人身上看到了非常独特的才华和气质，一向爱才的他总想找机会帮帮他。

一天，韩琦来到书生的住处，注意到桌上的一个青铜酒杯。他忙问这个酒杯是在哪里买的。对方说是离开家时亲人送的。"啊！这可是一个好东西，能否卖给我？"韩琦露出兴奋的眼神，故作恳求地说道。书生见韩琦这么喜欢，就打算将其送给他。可韩琦一口咬定它很值钱，临走前留下了两枚金元宝。书生就是靠着这笔钱度过了人生最艰难的一段时光，而且心中一直铭记着韩琦对自己的这份恩情。后来书生考取了功名，第一个当面叩谢的人就是韩琦。

韩琦知道，如果冒冒失失地直接给对方钱财，很容易伤了他的自尊。所以来了个曲径通幽，借买杯之名，行赠金之举，既帮助了对方，又顾及了他的感受，可谓巧妙得体。可见，帮人，并非一定要直来直去，而是需要注意在尊重受助者、顾及其尊严的前提下，采用合理而得体的方法。如此一来，对方在感激你的帮助之余，更能理解你的良苦用心，从而对这份情义永久铭记在心。

> 用古代名贤论证说明自己的看法。

看到别人身陷困境之时，我们会替他着急，总想在力所能及的范围内，鼎力相助。那么此时，就应该选择恰当的时机和巧妙的方法，进而更成功地达到帮助人的目的。

> 承上启下、过渡自然。

当年刚进入社会的时候，我在一家文化公司做业务员。才来到公司没几天，我就对一个老员工充满了畏惧。说是老员工，其实刘姐她也比我大不了几岁，但是走南闯北多年的她见多识广，能力出众，而且脾气非常大，对我说话相当不客气。

> 用现实中发生的事情进行侧面论证，更具有说服力。

这天中午休息的时候，我们几个同事正在闲聊。由于我来到公司之后就非常能干，老板曾经点名表扬了我几次，这时候自然而然地成为了大家谈论的对象。一个比我先来几个月同样是跑业务的同事建议我去另一家卖保健品的公司，还告诉我那家公司里最赚钱的业务员一个月能赚一万多块！

初出茅庐的我当时就动心了，脸上的表情也变化得非常明显，没想到这时突然响起刘姐略带愤怒的声音："怎么？刚来几天就坚持不住了？别人一说，你就打算走人了？早就知道你这人没毅力，在这里干不长！"刘姐说完，我气得脖子上的血管都露出来了——这不是瞧不起人吗？我还不走了，非要在这里干出个样来给你看看！

> 正面描写"我"刚出道时的天真无知。

> 连续几个反问句，强调了语气。

> 运用激将法使我留了下来，也为下文埋下伏笔。

在这件事情的刺激下，我比谁都更加勤奋，每天拼命地工作，很快就打开了局面。随着阅历和见识的增加，我渐渐发觉当初那次聊天有些不对劲儿。那个同事建议的公司我也大概知道了一些情况，还没听说谁能赚那么多钱？而当时在公司里一起跑业务的同事本身就是竞争者，一想到这里，我忽然发觉自己可能错怪刘姐了。

后来，我找到刘姐说了这个事情，刘姐才告诉了我事情的真相：原来，那个同事心机很多，大家早就知道。他表面上是帮我出主意，可实际上是想让我这个全公司最玩命工作的潜在对手离开这里。否则，他为什么不跳槽去那个公司？

侧面突出"江湖"的险恶，体现出刘姐对"我"的帮助。

这时候我才明白了刘姐的苦心，那时候的我太年轻，根本就不知道江湖的险恶，刘姐又不能明说，所以只能用其他方式来帮助我。刘姐表面上的狠，其实是为了私下里能够帮助我。

此事引发"我"的反思。

这件事给了我很大的触动，从这开始我才明白，有时候训你骂你的人可能心里是为了你好，有时候真正帮你的人却是用了你当时无法理解的方式。帮人，有时候就要这样声东击西，表面上让人觉得是在训斥，实际上却悄然地帮对方渡过了难关。很多时候，帮人就要用这种声东击西的妙招，这样才既能帮助别人，又能保护自己。

总结全文、首尾呼应、点明主旨、升华主题，引发读者思考。

所以，想要帮助他人，需要的不仅是热心，更要得法。只有在顾及受助者以及其他人感受的同时，采用合理、巧妙的方法和恰当时机，救人所急，才能达到皆大欢喜的良好效果。

点评

　　文章的结构紧密，首尾呼应，运用举例论证，古今结合，正侧面描写相结合，说明自己的看法，引发读者反思。

李尊达 ◎ 评

知识链接

　　韩琦 (1008-1075) 字稚圭，自号赣叟，汉族，相州安阳 (今属河南) 人。北宋政治家、名将，天圣进士。初授将作监丞，历枢密直学士、陕西经略安抚副使、陕西四路经略安抚招讨使。与范仲淹共同防御西夏，名重一时，时称"韩范"。

文/三 石

口渴前 要记得先打井

这天早晨，在帕尔马音乐学院的餐厅里，托斯卡尼尼捧着好几套餐具在买饭的队伍里焦急地等待着。大家纷纷把好奇的目光投向了他，不知道他拿着这么多套餐具干什么？眼看着就要到上课时间了，托斯卡尼尼也顾不上别人诧异的目光了，只是不停地祈祷着快点轮到他。他不断地看着食堂正中央那块钟表的时间，急得两眼眨啊眨的，就连额头上都渗出了一层细汗。

费了半天的劲，托斯卡尼尼才好不容易来到了出售早餐的窗口前，叮叮当当地摆了一排餐具，让厨师按照他要的饭菜把这些餐具全打满。厨师刚看到托斯卡尼尼拿出这么一大堆餐具之后，也吓了一跳，半开玩笑地问他："你准备把这一周的饭菜都打回去？"托斯卡尼尼急得眼泪都快出来了，连忙说道："我上课快迟到了，您就快一点吧！"厨师看出托斯卡尼尼的确非常着急，也就不再开玩笑了，连忙给他打满了饭菜。

在那一天清晨的校园里，音乐学院的师生们看到瘦小的托斯卡尼尼像玩杂耍一样摇摇晃晃地带着几套装满饭菜的餐具在校园里一路飞奔回了宿舍。原来，和托斯卡尼尼同住在一起的几个同学昨天出去逛街的时候一起吃坏了肚子，全都下不了床了，而其他的同学因为早晨的课非常重要，所以吃完早饭便赶去

急切的神态，表现出托斯卡尼尼对事情投入之深。真情实感的流露，说明他情真意切。

表现出了托斯卡尼尼焦急的心情，既生动，又形象。

运用比喻的修辞方法，生动地描绘出了托斯卡尼尼的外貌形象。

真挚的爱源自真切的心，托斯卡尼尼为同窗付出，源于他对别人总怀有一颗真切、热情的心。

付出的爱，即使收不到回报，也会有人为此感动。当受感动的人愈来愈多时，总有一份爱会来回报你。

打过了井，就会有甘泉流露，也许不是最清澈的，但一定是最解渴的。

与前文相照应，因果关系充分展现出来。

点明主题，提出作者的观点。

教室上课了，只有托斯卡尼尼实在放心不下这些病倒的同学，于是便主动要求替大家把饭菜打回来。躺在床上养病的几个同学还以为托斯卡尼尼只是随口一说罢了，谁也没想到他还真熬了一早晨把大家的饭菜买回来了。大家感激万分地谢过托斯卡尼尼之后就吃起了各自的饭菜。这时，托斯卡尼尼才发现刚才太着急了忘记给自己打饭了，立刻悔得肠子都青了。同伴们这时才知道托斯卡尼尼竟然忘了给自己打饭，都有些过意不去，连忙请他一起坐下来吃饭。托斯卡尼尼一看时间，哪还有心思吃饭了！转身跑下楼便向着音乐教室直冲而去。

这件事情，给那几个生了病的同学很大的触动。托斯卡尼尼平时就是一个非常主动热心的人，自从他来到这个音乐学院开始，几乎每个人都受到过他的照顾。大家默默地吃着香气四溢的饭菜，想起托斯卡尼尼还饿着肚子，不由感动得鼻子阵阵发酸。

很多年之后，当托斯卡尼尼因为种种原因而辞去了乐团的工作，生活陷入到困境的时候，一个远在美国的同学把他推荐给了美国音乐界的大师们。这些大师被托斯卡尼尼在乐团指挥方面展现出的惊人才华震惊了！很快，托斯卡尼尼在美国音乐界声名鹊起，不久之后，他在纽约美国广播公司专为其组建的NBC交响乐团担任常任指挥，从此享誉世界，成为了上个世纪最伟大的音乐指挥家之一。而那个帮助他改变了命运的同学，恰恰就是当年那几个吃坏了肚子受到托斯卡尼尼照顾的几个学生里的一员。

世上的事，有因便有果，只有热心真诚付出过，才可能得到别人同样的回报。托斯卡尼尼如果不是主动帮助朋友们，那么他自己面对麻烦时恐怕也不会有人帮助他。要想在口渴的时候有水喝，那就提前打好井；要想在困境中得到帮助，那么就必须提前拓展人脉增进感情。真理适用于所有人，既适用于托斯卡尼尼这样伟大的人物，也适用于我们这些平凡而努力的草根。

　　当我刚进入这家电子器材公司实习的时候，所面对的形势是非常严峻的。当时，我们总共有五个实习生，而实习期过后只能有一个人留下来。大家的能力都在伯仲之间，谁也没有必胜的把握。

　　我们的部门比较特别，老员工的年纪普遍比我们大不少，所以实习生们和老员工之间除了客气礼貌的工作交往之外，几乎没有任何接触。就连午休的时候，也是老员工和老员工坐在一起，实习生和实习生聚在一处。这一天中午，我来到公司外面的水果店打算买点水果。本来只想买几个苹果和实习生一起吃算了，可是抬头看看这烈日炎炎的天气，再想起那些老员工们因酷热而晒得干裂的嘴唇，我决定多买一些。即使大家最后成不了同事，那么好歹也能成为朋友吗。

　　当我把苹果分给老员工们的时候，他们每个人几乎都是一愣，然后满脸微笑的说着谢谢。这时，我才发现他们其实也有很可爱的一面，虽然我自己在这家公司的前途还不明朗，可是多个朋友多条路，即使最后留不下来，那和他们成为朋友不也是一件很快乐的事情？

　　想明白这些之后，我和老员工们的接触也渐渐多了起来，而且还和他们找到了不少共同的话题，有时候在午休时间里聊天聊得高兴了，就一起哈哈大笑，开心得不得了。

　　当三个月的实习期结束之后，我被留了下来。其实，我们几个实习生实力非常相近，谁也不知道最后会留下谁。而后来我才偶然得知，当初经理在决定留下谁的时候曾经咨询过公司里的老员工们，大家几乎是一边倒地支持我，所以我才能够脱颖而出。

　　后来，我常常在想，我之所以能留下来，正是得益于我懂得进行感情投资，人都是感情动物，最好的投资就是感情投资。谁懂得提前进行感情投资，谁就

交待了当时的实际情况，为引出下文作铺垫。

运用反问句，加强语气。

结果在意料之外，又在情理之中，从侧面烘托出主题。

能获得意想不到的收益。

每个人都需要有长远的眼光，更要懂得提前进行感情投资的重要。现在你主动热心地和别人沟通给予别人帮助，其实就是在挖一口井，而当你有一天陷入到困境之中需要帮助的时候，这口井里清凉的井水就会给你低迷的人生重新注入生命的活力。

口渴前，记得要打井；平常时，要记得提前进行感情投资。

总结全文，重申观点。条理清晰，引人深思。

文章主题鲜明、结构严谨，事例具有充分的说服力，使人信服，引人深思。不因为口渴而打井，而是想到将来会渴才去打井。打井便是人情，人性的交往是感情与关爱的交流。

打井只是需要自己在一时付出辛勤的汗水，却会在将来获得源源不断的甘泉。

王开轩 ◎ 评

知识链接

托斯卡尼尼 (Arturo · Toscanini) 1867年3月25日生于帕尔马，1957年1月16日卒于纽约，意大利指挥家。父亲是一个穷裁缝。托斯卡尼尼9岁加入帕尔玛音乐学院学大提琴与钢琴，31岁时年轻的他成为了斯卡拉歌剧院指导与常任指挥，直至1902年因与观众发生冲突而辞职。

文／王继琴

迷雾里的
那丝灿烂阳光

我始终相信，世间自有公道，付出自有回报，所以身为一个电工的我在自己的岗位上投入了大量的热情和努力。几年前，从中专毕业，几经辗转之后，我来到这座商业大厦做了一名电路维护人员。我的工作很简单，就是保证商厦的供电和电路安全，每天只需要悠闲地在大厦里走上几圈儿或者在控制室里喝喝茶水就可以；我的工作也很困难，因为你在工作的时候时刻都要保持高度的警惕，一旦电路出了问题，那后果是不可想象的！

于是，我兢兢业业地工作着，辛勤的汗水换来了越来越高的工资和奖金。几年的时间里，资历逐渐增加的我也从一个最底层的电工变成了一个小头头。我满怀憧憬地努力工作着，坚信自己的努力能为家人赢得更好的生活。然而，残酷的现实很快就打破了我天真的想法。随着金融风暴呼啸而来，我也渐渐感觉到了寒意。在金融风暴的影响下，整个行业都受到了不小的冲击。由于销售额直线下降，整个商厦先是所有部门的年底奖金都大幅缩水，接着又取消了带薪休假，最后又开始大量裁员。

直到这时，我才明白一个道理：原来努力奋斗不

开篇点明作者所认同的道理，引出下文的记叙。同时以此设置悬念，作者起先认同的观点，为什么在后来会发生改变？

突然的转折突出了作者在现实社会中受到巨大打击，压力之大，为后文生活的艰辛埋下伏笔。

照应开篇提出的观点。

用"昙花"巧妙地作比喻，写出现实与想象的落差，体现出生活困难所持续的时间之长。

从侧面烘托出竞争压力之大！

从多个方面反映出了金融风暴的猛烈，职位难求。渲染出紧张、高压力的工作环境与氛围。

运用比喻的修辞，将内心情绪的变化表现出来。

前后的对比更突出了金融风暴下神经紧绷的生活状态。

竞争压力与低薪的双重困扰，令作者的情绪变得暴躁，引出下文。

一定就能让你获得成功，运气也是影响你人生的一个重要条件。我和我的同事都很努力，可我们却很不幸运地碰上了汹涌而来的金融风暴。本来以为困难的日子，也会像昙花一现那样转瞬即逝，可谁也没想到金融风暴的生命力竟然如此顽强，一波一波反复冲击着我们脆弱的神经。

上班的日子越来越不好过了，奖金少得可怜不说，工资也开始降了下来，和自己并肩工作了几年的老朋友们陆续离开了商厦，开始自谋生路。屋漏偏逢连雨夜，本来收入就下降的让人快受不了了，工作岗位的竞争反而越来越大，几乎每天都有新人毛遂自荐想要得到一份电工工作。工作本来就不好找，再加上从各种学校毕业的学生也越来越多，我们也感受到了越来越大的压力。有一次，我和负责后勤的经理发牢骚，把电工们对工资太少的抱怨都说了出来。后勤经理拍了拍我的肩膀，无奈地苦笑着说道："你信不信今天你们不干了，明天就有一群合格的电工来接你的班！老弟，现在大环境如此，咱们只能再多忍耐忍耐。"我看了看他，然后像泄了气的皮球一样垂下了头。我知道，他说的都是实话，抱怨根本没有任何意义。

以前，最喜欢的就是放假，结束工作之后，最享受的就是回家好好睡上一觉，然后再陪家人逛逛街，其乐融融。现在，最害怕的就是放假，原因很简单，以前休息都是带薪休假，现在休假都是没有薪水的。因为工作的缘故，我们休息的时间比较多，以前倒挺喜欢这么多休息的日子，可现在在这些日子里是根本没有任何收入的，怎能不让人挠头？有钱男子汉，没钱汉子难，奖金本来就少得可怜了，现在连正常的工资都少了将近一半，本来就不是特别宽裕的生活又怎能不受影响？

我的脾气变得越来越暴躁，花起钱来也变得小气了起来。老婆买了一件喜欢了很久的首饰，我埋怨她买之前没和我商量，结果两个被金钱压得喘不过气来的人为此爆发了一场大战。争吵过后，老婆委屈地趴在我怀里低声啜泣着。我狠狠地抽着烟，恨不得抽自己一个耳光！我知道老婆没错，只是经济压力越来越大的我对开销已经变得异常敏感。在那一刻，我沮丧异常，一个让自己心爱的女人因为钱而受委屈的男人，心里像被刀割一样滴着血！

穷则思变，我也考虑过换一个工作，可现在就业形势如此严峻，满大街都是找工作的人，换一个能让自己满意的工作几乎是天方夜谭。我也打算过做兼职，可每次休息的时候，很多时间都用来补充睡眠，以缓解高度紧张的工作所带来的压力了，根本没有充足的时间去做其他兼职。时间一点点流逝着，生活却没有丝毫改变，我感觉我的人生就像走入到了迷雾里一样，让人看不到希望。

就在我对人生越来越失望的时候，老婆却给我带来了不小的惊喜。原来，老婆也明白我承受了巨大的压力，于是便利用下班之后的时间在夜市里摆了个摊位卖小吃，以此来贴补家用。刚开始的几天，我还劝老婆别去夜市卖小吃，不忍心看她太辛苦。可老婆刮着我的鼻子告诉我，夫妻夫妻，就是家里的两个支柱，两个人都努力一点，每个人身上的压力也就小多了。听到这话的时候，我脸上还挂着没心没肺的笑，心里却泪如汪洋。

老婆在夜市里卖小吃的生意渐渐好了起来，由于小摊晚上才出，所以我也能利用休息的时间帮她忙活。渐渐地，我们俩惊喜异常地发现，在夜市里卖小吃居然也能赚不少钱，恰好能贴补家用。虽然，现在的日子过得没有以前那么轻松，不仅上班的时候要全神贯注地工作，下班之后还要在烟雾缭绕的小摊位上汗流浃背得招呼客人。但是，我却觉得日子过得越来越舒心了，我感觉到人生路上那浓重的迷雾中渐渐露出了灿烂的阳光。

因薪水低而生活于高压之下，举出具体事例，前段大量描写生活苦窘，又写出作者绝望沮丧的心理，在生活与工作重压下，将家庭也置于矛盾的境地。

照应文题，"迷雾"指对生活的失望、不如意及沮丧。

为老婆的体谅与分担而感动，生活出现转机。神态描写表现出作者沮丧的内心中蕴涵着喜悦与感激。

照应文题，于失望中重获希望。

再次点明主旨，即使生活在迷雾里，也要寻找透过迷雾的灿烂阳光。

穷则变，变则通，这世上没有真正的绝境，所谓绝境往往是我们自己先丧失了对生活的信心罢了。人生有太多的不如意，但我们每个人都有战胜困境的能力。与其哀叹人生，不如奋勇而起，只要你不放弃，谁也不能击败你!

一直喜欢一句话，置之死地而后生，末路逢生，绝地反击，在绝境中奋勇而起。本文用大段笔墨描写生活之难，运用对比、正侧结合、举例的手法说明了"迷雾"中的生活。继而，在突然的危机后又来了一个突然的转机，生活中出现了希望，扣应文题——"迷雾"里那丝灿烂的阳光。此文告诉我们在绝境中只有奋勇而起，才有战胜困境，重获希望的可能。

孙丹 ◎ 评

知识链接

金融风暴，又称金融危机，是指一个国家或几个国家与地区的全部或大部分金融指标(如: 短期利率、货币资产、证券、房地产、土地(价格)、商业破产数和金融机构倒闭数)的急剧、短暂和超周期的恶化。2008-2009全球金融危机是全球金融系统面临的自1929年以来的最大危机。始于美国房地产次级抵押贷款市场的癣疥之疾，酿成了全球性的深重危机。

文／肥　西

德国人的勇敢

　　我有一个德国朋友，他在中国留过学，我们也正是在那时候机缘巧合地成了朋友。这位热情好客的德国朋友回国之后，一直希望我能去他的家乡法兰克福游玩，今年年初恰好有了机会，于是我们两个多年不见的朋友就在法兰克福重聚了。

　　朋友见到我之后，咧着大嘴笑个不停，久别重逢，两个人都高兴得不得了。到了法兰克福的第二天，朋友就带着我去城郊的旅游景点游玩。本来我们早就说好了要徒步旅行，可是没想到天天习惯了坐车的我们走了不久之后就累得气喘吁吁了。我们两个人站在空旷的公路上，大眼瞪小眼，一时都没了主意。

　　这时候，一辆私家汽车迎面开来，朋友连忙跑上去挥舞着双手想搭个便车。对方停下来之后，朋友连忙跑上前去说出了自己的请求，可是这位独自开车的女士显然对我们抱有戒心，无奈地耸耸肩膀，继续飞驰而去。

　　在随后的半个多小时里，我的德国朋友又拦了几辆车，可这些车辆里不是坐满了人，就是不愿意搭载，有一个秃顶的中年男人态度还非常差，冲着朋友冷冷地哼了一声。看到这个场景之后，我心里非常不是滋味儿，自尊心受到了不小的挫伤。很快，公路上又剩下了我们两个，我劝朋友不要再拦车了，何必要低三

　　文章开头便交待了事情的起因，为下文的搭车事件埋下伏笔，引起下文。

　　这里写出友人对于我到来的开心，真挚的欢迎。搭车的原因是由于我们太累。

　　第一次求助被拒。

　　这一段中有着丰富的心理描写。对于别人对我和朋友的冷漠，我感到非常不是滋味儿，这段心理描写和下文朋友的心理形成了鲜明的对比。

下四求别人呢？大不了咬紧牙关坚持走下去不就得了！

朋友听完我的话，不停地摇起了头。"我明白你的意思，你不是不想坐车，而是觉得被拒绝伤害了你的自尊心。可是这样的心态很不好，一个人太在乎脸面，那么往往就会丢了脸面。因为你心里太在乎别人怎么看待你，太在乎自己在别人心中的形象是否受到了影响，一个人心里如果有了这么多的牵绊，那么他做起事情来就会畏手畏脚，无法发挥出自己全部的能量，什么事情都做不成。而一个一事无成的人，还有什么脸面可谈？"

朋友说完，又继续搭车去了，我站在原地，反复咀嚼着他刚才的那些话。

在朋友的不懈努力下，我们终于搭上了一辆车，而且和司机还聊得非常开心。在车上我就在想，如果按照我的性格，那么在乎脸面的我被拒绝之后一定不会再坚持了，现在也就不会是在这里和司机谈天说地，而是像一只大蜗牛一样汗流浃背地继续徒步前行了。由此可见，朋友的话很有道理。

当天傍晚，我们来到了一处民俗旅游景点。我们和其他游客，还有当地人围坐在一起，在皎洁的月光下喝了不少酒，大家的情绪越来越高涨。这时候，当地人跳起了舞蹈，他们精彩绚丽的舞姿让我们惊叹不已，简直都看呆了。这时候，当地人邀请我们也一起去跳舞，就在我犹豫的时候，朋友已经迈着大步晃晃悠悠地走到了舞场的中央，摇头晃脑，扭腰摆臀地跟着当地人跳了起来。

朋友的身形和舞姿实在让人不敢恭维，怎么看都像是一只喝醉了酒的加菲猫在打醉拳。刚开始的时候，大家还强忍着笑，可后来憋红了脸的人们再也忍不住了，笑声就像波浪一样一波波地向他袭来。朋友也知道自己的舞姿难登大雅之堂，可是他仍旧乐呵呵地和当地人跳着舞。大家很快都被他感染了，没人再

朋友的话蕴含着哲理，一个人过于在乎脸面，其实就是要满足自己的虚荣心，导致自己做什么事都要畏首畏尾，甚至一事无成。一个心灵虚伪的人，何谈脸面？

反问句的运用，加强了语气。

文章中"我"的性格总是和朋友形成非常鲜明的对比。当"我"还在犹豫时，朋友已经走到了舞场中央，他毫不在乎自己的舞姿有多难看，也不在乎别人怎样看他，他享受的是属于自己的生活和人生。

朋友的舞蹈感染了"我"，文章运用形象的比喻把朋友比作一只喝醉了酒的加菲猫，把笑声比作波浪，生动形象地描绘出当时的场景。

笑他那笨拙的舞姿了，而是像下饺子一样纷纷进入了舞场，和当地人跳了起来。

那一天我们一直玩到了天亮，离开那里的时候，朋友俨然成了所有人最喜欢的一个人。大家纷纷给他留下了电话，相约以后有机会了一定要好好聚聚——这一夜的相聚，所有人都被乐观大方的朋友吸引了。

在回来的路上，我问朋友为什么能够那么放得开，那么不在乎别人的眼光和评价？朋友又咧着大嘴笑着告诉我："一百年前，我们都是尘土；一百年后，我们还是尘土。不管我们怎样生活，最后还是要归于尘埃。既然如此，那么自己的脸面，别人的眼光和评价就真的那么重要？我们德国人很小的时候就得到了这样一种教育——我们是为了遵循我们内心的指引而活着的，而不是为了别人的眼光生活的，既然如此，那就别把脸面看得太重，别把他人得目光看的太重。谁把脸面看得太重，谁就容易产生紧张焦虑的情绪，进而影响到自己的言谈和思维，从而埋下失败的隐患。而越是不看重脸面的人，往往越能内心轻松心无挂碍，活得轻松潇洒，活得让人惊叹！所以别太在乎这些外在的东西，你的人生才没有负担，才能活出自己的精彩。谁能战胜束缚自己内心的心魔，谁才是真正的勇敢者。"

回国之后，我一直在回味着朋友的话，心中充满了感慨。一个人太看重脸面，其实本质就是担心自己在他人面前出丑和遭到拒绝，而这样的心理往往让人言行举止中都充满了焦虑和压抑，从而影响到了自己能力的发挥和天分的展现，大大束缚了自己。

真正的勇敢不是炫耀强健的肌肉和武力，而是凭借自己坚强的意志摆脱束缚自己内心的枷锁，从而让自己的生命能量得到彻底的爆发，进而活出自己最漂亮的一面！

不管我们的一生怎样度过，到头来终究会归于尘土，既然如此，为何不让自己过得更痛快些呢？

太过在乎别人的目光就等于给自己上了一道心灵的枷锁，让别人的言语处处束缚着你，影响着你，你的一生只能生活在别人的目光下，而不是活出潇洒的生活，自如的生活。

点明主题，引人深思。

承上启下，过渡自然。

我们最大的困难并不在身体上，而是在精神上，战胜精神上的困难，我们将成为真正的英雄，让自己的生活摆脱枷锁，活出最漂亮的一面。重申主题，层层递进，使人印象深刻。

点评

　　文章语言流畅，思路清晰，通过讲述自己与朋友相处时发生的两件小事，表现出朋友在思想上的非凡。一个人不要太在乎脸面，否则会让别人处处影响你的生活。遵循我们内心的指引而活着，打破心灵的枷锁，才能活出自己最漂亮的一面！

朱雯菲 ◎ 评

知识链接

　　日耳曼人是对一些语言、文化和习俗相近的民族（部落社会）的总称。日耳曼人不称自己为日耳曼人。在他们的漫长历史中，他们可能也没有将自己看作是同一个民族。民族大迁徙后，从日耳曼人中演化出斯堪的纳维亚民族、英格兰人、弗里斯兰人和德国人，后来这些人又演化出荷兰人、瑞士的德意志人、加拿大、美国、澳大利亚和南非的许多白人。在奥地利也有许多日耳曼人后裔。

文／楚 果

抓不住 就送一程

　　日落黄昏，倦鸟归巢，青山渐渐安静了下来。突然，一个年轻人面目狰狞怒气冲冲地跑到高高的山冈上发泄似的狂喊着。年轻人的暴躁惊动了正在不远处打坐的禅师，面目慈祥的老禅师缓缓走到年轻人面前，对他露出了善意的笑容，然后和年轻人攀谈了起来。

　　在谈话的过程中，老禅师始终眯着眼睛微笑着在听年轻人的倾诉。年轻人从一个边缘的小城来到这个灯红酒绿的大都市闯荡，经过多年的打拼，吃了很多苦才好不容易在企业里干到了中层管理人员的位置，身边也有相识了几年的女朋友。可是，现在这一切都毁了，老板因为种种原因要将他辞退，现在他正在为公司培训替代他的新人，每天都在公司里的日子过得非常压抑。而女友知道他很快将失去这份收入丰厚的工作之后，也提出了分手。女友的理由很简单，她不能让自己未来的孩子拥有一个没能力给她们安稳富足生活的父亲。

　　"我跟了老板整整8年呀！他一句话就让我走人！我的女朋友当初刚来到这个城市的时候举目无亲，是我帮她找了工作，全心全意地照顾着她，可现在她却在我最艰难的时候选择了离开！"年轻人几乎是声嘶力竭地说完了自己的经历，愤怒的双眼中燃烧

　　文章首先用景物描写来衬托出一种安静的气氛，与年轻人内心的浮躁进行对比，同时进入文章主题，引起下文。

　　作者运用细节描写，体现出老禅师坚强、乐观的心态（与后文相呼应）。

　　年轻人的生活经历和人生阅历，为下文作了铺垫。

　　运用转折进入主题，被有苦难言的老板辞退，而且女朋友也提出了分手，使得他深受打击，开始抱怨起来。

　　作者通过语言刻画，生动形象地表现出年轻人的气愤。

着熊熊烈火。年迈的禅师轻轻地拍了拍年轻人的肩膀，然后拉起他的手在山上信步游走起来。清凉的山风让年轻人烦躁的内心渐渐平静了下来，这时候，老禅师忽然停下了脚步，伸手去抓一片飘来的柳絮。

柳絮轻盈而调皮，每次都从禅师的手掌之中溜掉。年轻人默默地看着老禅师，眼中充满了疑惑。"呵呵，我老了，抓不住这些柳絮了。"老禅师说完之后，抬起头和年轻人面对着面，说道："这世上种种美好与精彩，我们并不一定都能抓到，既然抓不到，倒不如送它们一程，让它们活得更加精彩飘逸，让自己得到安宁与豁达。"说完，老禅师轻轻将抓柳絮的手向上微微一扬，柳絮被禅师的手这么一送，在湛蓝的天空下飞得更加漂亮了。

老禅师说完之后，年轻人呆立良久。忽然，他的脸上露出了淡然的微笑，向禅师深深鞠了一躬，转身下山去了。回到城里之后，年轻人兢兢业业地将自己在工作中的经验都教给了那个即将接替他的新人，老板看在眼里，没想到受了委屈的他居然还会这么为公司出力，心里很不是滋味儿。当他离开公司的时候，老板动情地紧紧握住他的手对他说："我对不住你，没想到你还能这样对我！辞退你，我也是有难言之隐，你这个朋友我记住了，以后有事就来找我。"他笑着和老板告别，然后在办公室同事们的留恋和注视中大踏步地走出了公司的大门。

和女朋友最后道别的时候，他送给她一份特别的礼物——一盒治疗风湿的膏药。女朋友有风湿病，每次疼起来都在床上龇牙咧嘴的直打滚，女孩儿看到这份礼物之后，哭得差点抽搐过去，他安慰完她之后，潇洒地转身离开了。

在随后的日子里，他始终奉行着一个原则——能抓住的人和缘分，他都加倍珍惜；不能抓住的种种，他就笑着送他们一程。这样的心态让他赢得了很多人的尊重，也得到了别人更多的回报和帮助，他的生活

借景抒情，以小喻大，阐明深刻的人生哲理。

先用"呆立"，写出年轻人被老禅师的语言震撼了，再用"淡然"体现出他的豁然开朗，这时他终于明白该如何去做。

"潇洒"一词巧妙体现出年轻人在听过老禅师的话后变化极大，也终于对自己的人生有了新的感悟。

他的原则使他慢慢走向了成长，走向了成功。

也渐渐走出了困境。

后来，他经过多方寻访找到了禅师所在的寺院，想当面感谢老禅师。可让他万万没想到的是，好不容易才找到了禅师的所在，老禅师的弟子却告诉他，禅师已经圆寂，从时间上推算，恰好是他们见面的第二天。弟子还告诉他，老禅师当时身体状况非常不好，每时每刻都在遭受着疾病的折磨，有时候疼得汗水直淌，却始终面带微笑生活着。虽然，老禅师早就知道自己来日不多，但依然平静乐观得生活着。

> 反衬出老禅师坚强、乐观的人生态度。

听完这些之后，他努力让自己的脸上绽放出微笑，用笑容将眼角的泪水挤走。这时候他才明白，相遇的时候，老禅师是忍受着多么巨大的身体痛苦在为自己解脱烦恼。老禅师那时候已经知道抓不住自己的生命了，却还用尽了生命最后一份力量送了自己一程，让自己的人生走上了正轨。

> 老禅师用生命告诉年轻人一个应该铭记于心的道理。

他向禅师圆寂的地方磕了几个头，然后微笑着向山下走去。老禅师用自己的生命让他明白了一个道理：人，永远都要微笑、坚强、乐观、豁达地生活下去，这才是生命的意义。

> 用生命去换取这一切，希望每一个人都要微笑，都要坚强，都可以豁达地面对自己的一生，结尾与标题呼应，发人深省。

　　文章并没有开门见山，而是先用景色渲染气氛，再引起下文，进入主题。文章主要讲了一位年轻人，因为一次打击故要放弃自己的生命，但是并没有发生。反之，老禅师用他自己的生命，帮助年轻人谱写出年轻人最美好的人生。这就是人生，在困苦时应该去选择面对。这篇文章读起来意味深长，开头一直在设一个悬念，告诉我们年轻人的痛苦，却没有说老禅师也饱受痛苦，文章最后一句，人永远都要微笑、坚强、乐观、豁达地生活下去，这才是生命的意义。结尾升华主题，使文章开头结尾读起来更呼应文章题目，在倒数第二段里点题，使文章想要表达的思路十分清晰。

邵琪 ◎ 评

■■■ 知识链接 ■■■

什么是禅？人生中的烦恼都是自己找的，当心灵变得博大，空灵无物，犹如倒空了的杯子，便能恬淡安静。人的心灵，若能如莲花与日月，超然平淡，无分别心、取舍心、爱憎心、得失心，便能获得快乐与祥和。水往低处流，云在天上飘，一切都自然和谐地发生，这就是平常心。拥有一颗平常心，人生如行云流水，回归本真，这便是参透人生，便是禅。

圆寂，佛教用语，梵语的意译；音译作"般涅盘"或"涅盘"。谓诸德圆满、诸恶寂灭，以此为佛教修行理想的最终目的。故后称僧尼死为圆寂。

═══ 写作技法积累 ═══

比拟及其特点

(1) 比拟是把物当做人来写，把人当做物来写；或把甲物当做乙物来写。

(2) 比拟的特点：本体、拟体。

(3) 比拟的作用：①寓情于物，表达作者强烈的爱憎感情；②使叙述生动形象，加强文章的艺术感染力；③把无形的抽象的事物描写得有声有色，可见可闻。

口诀：拟人拟物叫比拟，物物互拟是拟物，拟物把人拟成物，拟人把物写成人，描写文章忌呆板，比拟生动形象化，人物互拟文活泼，强烈感情来抒发。

文／王　娟

把事看小了　心就大了

　　自从进入电影行业之后，陈国富就知道这个行业将是自己一生的归宿。他是那么迷恋那些精致的银幕画面，那么喜欢聆听充满质感的电影配音，那么钟情于那些精彩故事中散发出的温情和希望。

　　于是，陈国富将自己全部的心血都投入到了电影事业中，做梦都想拍出精彩的作品。可是，现实总是残酷的，在影视圈里摸爬滚打了多年之后，陈国富不仅没能拍出自己的作品，甚至就连自己的生活都过得相当拮据。

　　他就这样一天天在煎熬中继续努力着，等待着转机的出现。似乎连老天都被他的顽强感动了，于是一个大好的机会出现在了他的眼前——台湾著名的电影人侯孝贤和杨德昌非常看好陈国富的才华和能力，于是希望和他一起合作拍摄电影。听到这个消息之后，陈国富高兴得差点没跳起来，连忙答应了他们。在随后的很长时间里，这三个对电影充满了狂热的天才拿出了各自全部的积蓄合资建立了一家公司，从此便不分昼夜地泡在片场里为自己的电影梦而努力。

　　拍电影是一个烧钱的活，大把的钞票扔进去之后，转眼之间就消失得无影无踪。三个年轻人咬紧牙关、勒紧腰带拼了命地工作着，才让公司在竞争激烈的电影市场里勉强生存了下来。

文章首句便开门见山，点明了陈国富对电影的衷情，也为后文奠定了基调。

体现陈国富对电影事业的不懈追求和努力。他始终怀揣梦想，这也赞美了他的精神。

从中可以看出得到机会的陈国富心情无比激动，这是与他的努力分不开的。

写出了三个追梦的人，为了梦想而不畏困苦，作者写此是为了表现出三人知难而进的精神、也为后文三人受打击作铺垫。

后来，侯孝贤和杨德昌都拍出了自己的电影，陈国富也一直在两人的现场跑前跑后，成了片场最忙碌的人。可是谁也没想到轮到他准备拍自己的电影《流氓世家》时，勉强支撑的公司却在这时突然垮掉了。

运用了动作描写、神态描写、形象描写公司倒闭后，陈国富极其失落的心情。

人去楼空，陈国富站在空荡荡的公司里欲哭无泪，默默地坐了很久，然后揉了揉红肿的眼睛，转身离开了。

侯孝贤和杨德昌也没想到公司会在这时候支撑不下去了，更让他们难过的是陈国富伤心的表情。他们知道对于一个电影导演来说，这种打击几乎是致命的！两个人放心不下陈国富，于是便赶到陈国富的住处想安慰安慰他。可是两个人没想到陈国富根本就没回家，其他的朋友们也不知道陈国富去了哪里。侯孝贤和杨德昌当时就紧张了起来，他们担心陈国富受不了这么沉重的打击，说不定会出什么事。

这两处形成了鲜明的对比，前者写出两个朋友担心陈国富想不开，后者写出陈国富在小吃摊吃得不亦乐乎，极力体现出陈国富的乐观、把大事看小的心态，这也正是他成就大事业的原因所在。表达了作者对他的赞美之情。同时也从侧面烘托出主题。

两个人不敢怠慢，连忙发动亲朋好友四处寻找。就在大伙儿心急如焚的时候，有人找到了陈国富，并且第一时间通知了侯孝贤和杨德昌。等侯孝贤和杨德昌赶来的时候，两个人看了看陈国富，又互相对望了一下，全都笑了——此时的陈国富正坐在路边的小吃摊上大快朵颐，吃得油光满面，不亦乐乎。

通过语言描写点出了陈国富充满哲理的话，这些话也正是作者要表达的中心主旨，体现了陈国富的大度、乐观的精神。

大家责怪陈国富不通知一下，害得人们担心。"公司倒闭了，我现在输得什么都没有了，这事儿对我来说可是个不小的麻烦。"陈国富顿了顿之后继续说道："不过就算是天大的事儿，只要你把这事情看小了，也就没什么了不得的！吃饱喝足之后，我挽起袖子还要去想办法拍我的电影！"陈国富说完，大家都笑了起来，可人们很快就发现面带笑容的陈国富眼角还挂着泪花。侯孝贤和杨德昌走到陈国富身边，给了他一个结结实实的拥抱，陈国富努力仰起头，没有让眼泪流下来。

后来，重新回到原点的陈国富苦熬了多年之后，终于以一部《国中女生》扬名天下，2002年，其导演的惊悚电影《双瞳》在台湾造成极大的震撼和成功。近年，他又以监制身份加盟《可可西里》、《天下无贼》、《心中有鬼》、《集结号》等内地电影，后来又亲自执笔成为了《狄仁杰之通天帝国》的编剧，成为了华人影视圈里响当当的人物。

　　心灵的空间是有限的，如果你将苦难、麻烦、艰辛看得太大了，那么你的心里就会被这些痛苦填满，心灵充满痛苦悲哀绝望的人，人生也必然充满失败。

　　而如果你将这些事情看小了，相比较而言，心灵就变大了，你就有了更多的心灵空间去装希望、激情、梦想和执着。一个内心中充满了阳光和希望的人，即使在绝境中也能昂然奋起，创造奇迹！

　　作者介绍了他成功后的多部众所周知的作品，这也反映出了陈国富的乐观，把大事看小的心态是至关重要的。

　　结尾一段起到了点明中心、升华主题的作用，说出了作者铺垫已久的道理，表达了作者对把大事看小的乐观心态的赞美，呼吁人们要有不屈服的信念。

　　文章主题鲜明，思路清晰，语言通俗易懂，文中借著名导演陈国富的成名经历讲出了一个通往成功的秘诀，那就是把事看小，心就变大了，这样就可以抬起头，不屈服于挫折。生活中，我们正需要这种心态，这种精神。许多人面对无论大小的挫折，都会被深深地打击，从而放弃了自己为之努力的梦想，但如果我们能不把困难放在眼里，继续努力，便很容易通往成功。

赵梓君 ◎ 评

━━━ 知识链接 ━━━

　　"可可西里"蒙语意为"青色的山梁"。藏语称该地区为"阿钦公加"。是目前世界上原始生态环境保存最完美的地区之一，也是目前中国建成的面积最大、海拔最高、野生动物资源最为丰富的自然保护区之一。可可西里气候严酷，自然条件恶劣，人类无法长期居住，被誉为"生命的禁区"。然而正因为如此，它给高原野生动物创造了得天独厚的生存条件，成为"野生动物的乐园"。

绝招就是无招

　　其实，亿美所做的事本质上还是"替人发短信"，但却收获了巨大的成功，难怪李岩说：绝招就是没有招式，只不过是把简单做到极致而已。

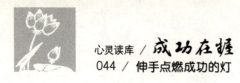

文/七 郎

这世界
需要什么样的人

旭日冉冉升起，太阳的光辉洒满了大街小巷。张亚东刚刚熬夜写完一首曲子，睡眼朦胧的他正准备睡个回笼觉。突然，一阵急切的电话铃声将刚刚才躺下的他又从床上揪了起来。

张亚东懒洋洋地拿起电话，电话里立刻传来了朋友的吼叫声，声音大得让他的睡意在一瞬间消失得无影无踪。朋友显然有很重要的事情，说话的语速非常快，张亚东连忙让对方慢点说，劝了几次，对方才放缓了语速。

原来，朋友急需一首新歌，可是由于时间太紧，而且要求太高，找了不少作曲人都没人愿意接这个活。眼看交曲子的时间就要到了，朋友急得眼泪都快掉下来了，这才火急火燎的找张亚东来帮忙。张亚东听完朋友的请求之后，略微沉吟了一下，然后仔细地问了问朋友所需要的歌曲类型以及其他的一些具体要求。把一切都问好之后，张亚东告诉对方自己会按时给他把歌曲创作好，到时候亲自给他送过去。

这时候，渐渐平静下来的朋友忽然听出张亚东的声音非常疲惫，似乎是没有休息好，连忙关切地问他要不要紧？张亚东笑着让朋友放心，自己一定会在规

文章开篇运用景物描写，交代了故事发生的时间，说明张亚东熬夜写曲，十分刻苦、认真，并为后文写张亚东按时完成朋友高难度的任务作铺垫。

一个"揪"字生动地写出了他被铃声打扰时，极不情愿的心情。将"许多作曲人都不愿意接这个活"与张亚东的接活并仔细询问作对比，突出了张亚东的善良、乐于助人的特点。

在紧急的时刻朋友想起张亚东，可以看出他深得朋友及他人的信任，从侧面烘托出他的为人。

定的时间内把歌曲创作出来。朋友再三叮嘱张亚东注意身体之后挂了电话，而张亚东知道这件事情非常重要，连觉都没来得及睡，用冰凉的自来水洗了一把脸之后，一边叼着面包，一边重新回到工作桌旁绞尽脑汁地忙活了起来。

一连几天，为了按时完成朋友的工作，张亚东就这么啃着面包喝着白开水没日没夜地忙活了起来。有时候实在是困得受不了了，他就提前订好闹钟，然后趴在桌子上睡上几分钟。闹钟声一响，他便强迫自己再爬起来继续工作。

就这样，张亚东用这种近乎残酷的工作强度完成了朋友交待给他的任务。不久之后，当张亚东把写好的歌曲送到朋友的公司时，对方看着两只眼睛熬得像只大熊猫一样的张亚东，心疼得不得了。张亚东在规定的时间里完成了这个高难度的工作，终于让朋友解了燃眉之急。两个人本来只是关系一般的朋友，可从这件事情之后，对方简直把张亚东当成了贴心的兄弟一样，想方设法地帮着他联系各种工作，把他介绍给圈里的知名人士。

因为朋友的大力帮忙，张亚东在圈内的人脉越来越广，接到的工作也越来越多，再加上他本来就有着非常高的作曲天分，所以很快就成了作曲界炙手可热的人物。渐渐地，和张亚东合作的大腕越来越多，他的名气也越来越大。现在更是参与了红透了半边天的电影《杜拉拉升职记》的制作，并且获得了巨大的成功。

后来，在一次闲谈的时候，有人问张亚东的朋友，为什么那么费尽心思地帮助张亚东。朋友笑着说道："当时那件工作非常着急，对任何一个人来说都是一个难题。在我找的所有人里，张亚东是唯一一个没抱怨那个工作多么难弄，而只是毫不犹豫立刻埋头去干的人。当面对难题的时候，只有他一个人没把时间浪费在无谓的抱怨上，而是立刻动手去解决

一连串动作描写，表现出张亚东十分看重朋友所委托的事情，不休息，对待朋友真心实意，尽最大努力，同时也具有十分认真的工作态度。

运用比喻的修辞，生动地描绘出了张亚东的外貌。

与前文相照应，衬托出只有真心付出，才会有回报。

运用语言描写写出了朋友对张亚东的评价，也说明了像张亚东这样不发牢骚、不抱怨、刻苦解决问题、少说多做的人正是当今世界所需要的人，也说明张亚东的成功不是偶然而是必然。

问题。这样优秀而又有事业心的人，谁都会欣赏他的。"

这世界需要什么样的人？这世界需要不为问题发牢骚，而只为成功找方法的人。当一件棘手的工作摆在面前时，很多人的第一反应就是抱怨工作多么难以进行，要面对多少压力等等，可就在你抱怨、发牢骚的时候，有人已经在埋头苦干，积极寻找做好工作的方法了。不发牢骚，多干实事，这是一种积极进取的工作状态，更是敬业精神的体现。一个敬业肯干的人，无论在哪里都能干出一番成绩。敬业精神，这是每一个奋斗的人都不能缺少的优秀品质。

结尾一段揭示"这世界需要什么样的人"运用设问的手法来说明这世界需要奋斗、不抱怨、少说多做的人。升华主题，发人深省。

不为问题发牢骚，只为成功找方法。当我们面对难题，想到的不应是抱怨之词，而是解决难题的方法。困难如人生的影子，时刻相随，而我们只有主动迎接才有可能战胜它。当有人告诉我们危险降临时，缩头躲避毫无用处，只有直面迎接才可能逃离危险，战胜困难获得成功。在生活中我们需要朋友，更需要朋友之间相互帮助的真诚的友谊。因为这份友情是圣洁的，是神圣的，是寒冬中的一个火炉，是酷暑中的一块寒冰，如悄无声息的冬雪，如淅淅沥沥的春雨，如秋风中树叶沙沙的摇晃，那样美妙那样真实。当我们对那些琐碎的事不能控制不能改变，当我们不能改变其他时就需改变我们自己，不要怨天尤人，不要忧虑，要记住，"车到山前必有路，船到桥头自然直。"

冯佩娴 ◎ 评

=== **知识链接** ===

张亚东，中国内地知名流行音乐家、内地流行音乐"教父"、内地流行乐坛"天王"级音乐制作人。1969年出生于山西省大同市，22岁时前赴北京发展个人音乐事业，之后帮王菲制作多首乐曲，取得了巨大的成功，时至今日已成为王菲的个人御用制作人，并帮助港台以及内地无数的著名歌手与音乐人创作诸多乐曲。

文/闫红军

大有大的优势
小有小的长处

介绍了全文的背景，为后文写银行以及小银行的工作人员备受压力作铺垫。

介绍在国际金融中心的小银行的实际情况，照应第一段，说明这是一个压力巨大的工作。

对比写出冼国林的与众不同。也为下文发生的故事作了伏笔。

从侧面烘托出当前小银行面临的困难，为下文作铺垫。

运用反问句，加强语气。

　　香港是著名的国际金融中心，各种金融信贷业务已经接近饱和，所以在香港做信贷业务是一个压力巨大的工作。

　　永亨银行是香港本地的一家小银行，无论资金名气都是小字辈。最近一段时间，永亨银行负责做信贷业务的工作人员都情绪低沉，满脸的心事。原来，由于竞争对手都是汇丰这样国际银行界的巨头，永亨银行的信贷业务拓展得非常缓慢。而每个人信贷业务的成交额和个人的薪酬直接挂钩，信贷业务做不好，大家的薪水自然也不会高。在寸土寸金的香港，目前赚的这点薪水让这些信贷人员都愁眉不展。

　　憋了一肚子委屈的同事们聚在一起互相发牢骚，只有新来公司的冼国林默默地坐在一边什么也不说。大家唉声叹气地讨论着那些大银行又投入了多少多少广告宣传费用，在市民中的知名度有多高。"客户一听说是花旗这样的大银行，立刻就把人家请进办公室详谈。可是，一听到咱们银行，很多人干脆都没听说过，我只好拿着名片自我介绍——咱们在起跑线上就输了，怎么和人家竞争？"一个老同事叹着气说道。

冼国林从始至终一句话也没说，大家都觉得这个人有些奇怪，他好像根本就没有因为工作的事情担心过，似乎是胸有成竹。

　　可是，过了很长一段时间之后，大家发现冼国林除了斜倚在汽车上看着过往的警察发呆和趴在一大堆报纸中打发时间之外，也没有什么真本事。

为后文写冼国林创造的惊人业绩埋下伏笔。

　　就在大家继续混日子喝咖啡听音乐没精打采地跑跑客户的时候，一个惊人的消息传来了——冼国林开辟了一个新的信贷业务，这个业务的受众人群是所有人都忽略过的香港警察！原来，冼国林仔细观察研究了很久之后发现，无论是政界、商界、教育界还是各种公司工厂，能做信贷业务的市场几乎已经被各大银行瓜分了。像他们这样的小公司，无非只是做一些零散的小客户而已。于是，冼国林仔细地把香港存在的各种职业都筛选了一遍之后，惊奇地发现警察这个群体却没有专门的信贷服务。

揭示了上文冼国林所作的一切看似平常的事的目的与结果。

　　冼国林知道拼知名度拼实力都不是自己公司的优势，于是便另辟蹊径，在别人没涉足的领域，立刻出手抢占市场。冼国林的这个举动，引起了媒体巨大的好奇，一时间各种长篇累牍的报道充斥着大街小巷，冼国林一举成名，业务量暴增。

介绍了冼国林的不同寻常之处也是成功之处。

　　就这样，冼国林成为了香港信贷界的传奇人物。后来，他对昔日的老同事们讲起了自己成功的秘诀："一个人不成功，那是因为他成功的欲望不够强烈，把自己百分之八十以上的时间浪费在了懒散犹豫、得过且过上。大有大的优势，小有小的长处，各有各的成功之道，只要根据自身的条件谋划好，无论强大还是弱小，都能走向成功。"

点明主题，言简意赅地叙述出成功之道。

　　身为叶准（叶问之子）首徒，后来更是成为了《叶问前传》电影出品人的冼国林，在多年前初学咏春拳的时候就知道要根据自身的特点来选择最适合自己的道路，这是一种生存的智慧。无论练拳，经商还是做人，都要根据自身的特点，努力将自己的优势全部

写出冼国林在不同方面将这种做法发挥到极致，以及他所得到的成功。

转化成力量，从而获得最终的成功。

强大有力的人固然能够取得成功，弱小单薄的我们也同样拥有成功的可能。大有大的优势，小有小的长处，我们或许没有太多的金钱，但我们拥有勤于思索的头脑；我们或许没有值得炫耀的背景，但我们拥有勤奋肯干的精神。有人成功靠金钱，有人成功靠权势，有人成功靠努力，有人成功靠坚持不懈，各有各的诀窍，各有各的方法。所以，即使弱小的我们，只要了解自身的特点方法得当，也同样可以赢得人生的辉煌。

点明主旨、升华主题，告诉我们"大有大的优势，小有小的长处"的启示，发人深省。

点评

文章主题明确，结构紧凑，语言流畅，通过介绍一个普通的银行职员冼国林利用小银行的特点，取得成功的事例，作者以此告诉我们"大有大的优势，小有小的长处"，要了解自身的特点，用这些特点去取得成功。引用了真实事例，很有说服力。

江山 ◎ 评

知识链接

香港是亚洲繁华的大都市，地区及国际金融中心之一，条件优越的天然深水港，1842年至1997年是英国的殖民地，1997年7月1日回归中国。香港面积约1104平方公里，人口超过700万，主要产业包括零售业、旅游业、地产业、银行及金融服务业、工贸服务业、社会和个人服务业。香港把华人的智慧与西方社会制度的优势合二为一，以廉洁的政府、良好的治安、自由的经济体系以及完善的法治闻名于世。

文/逸　致

绝招就是无招

　　北京大学有个小伙子，平时喜欢读武侠小说，有一次看《笑傲江湖》，里面有一位绝世高人说过这样一句话："最厉害的招数就是没有招数，无招胜有招。"他觉得很有趣，却又不能完全参透其中的涵义。

文章第一段用武侠小说中的语句点题，交代无招胜有招，并设疑留有悬念：无招胜有招到底蕴藏着什么样的涵义？

　　毕业后，小伙子决定创业，但选择什么项目一直犹豫不决。有一天，他来到一家大型超市，发现货架上的牛奶过期，售货员只好下架销毁，损失不小。他暗自琢磨，如果能用一种管理软件，在牛奶到期前两周，对数万名会员进行短信通知，说明对即将到期的商品以3折促销，或许能收到意想不到的效果。这一念头令他非常兴奋，他有了进军移动商务领域的想法，于是与志同道合的朋友进行磋商。朋友听后，调侃着说："咱们的业务就是替人发短信呗。"小伙子答："可以这么说。现在国内还没有意识到移动商务蕴藏的巨大商机，我们很有机会。"

从生活中的事例可以看出商机无处不在，关键是能否看出其中的玄妙。

为下文取得成功作铺垫。

　　说干就干，他们成立了公司，从企业短信应用领域开始起步。遗憾的是，由于当时市场远未成熟，艰难地摸索一年之后，业务拓展得很不顺利，举步维艰。这时，小伙子痛定思痛，反思自己选择的创业项目是否错了，看着身边搞其他项目的人陆续获得成功，他动摇了。

与上文作者的坚定决心形成了反差，原以为创业顺利，成功却变成了举步维艰，动摇的信念又会怎样呢？为下文设置悬念，埋下伏笔。

在听完MBA的课后，问了教授关于创业不顺的问题，他才明白了"无招胜有招"的含义。照应了上文，把正在做的做到最好，让他茅塞顿开。

与前文相照应，烘托出他的果断、坚决与独到的眼光。

"绝招正是无招，将现在正在做的做到最好"，这句话鼓舞了小伙子，并点明主旨。

有时候独辟蹊径，才是好方法。

从正面描写了小伙子坚定的信心，为他的成功作铺垫。

在旁听了一堂MBA的课后，他找到授课教授，倾诉了自己不顺的创业之路，并希望老师透露一些创业秘诀。老师听后，觉得他的项目不错，沉吟片刻说："秘诀就是不要寻找秘诀，而是把正在做的做到最好。"他忽然想到了书里说的"无招胜有招"，对照体会，茅塞顿开。

他决定坚持下去，继续在摸索中前进。这一天，他在一本杂志上看到一篇介绍短信在企业应用的文章，非常契合自己当下的业务，不禁如获至宝，立刻打电话给该文作者——北京移动业务发展中心的两位工程师。双方见面，迅速完成合作洽谈，不久，他们就成为了北京移动在集团短信业务上的第一家合作伙伴。从此，公司的业务一发不可收拾。

他们过了两三年的好日子，公司蓬勃发展。然而，当其他商家看到移动商务的美好前景后，陆续拥了进来，竞争越发激烈。小伙子开始思考，是否该急流勇退，进军别的领域。在最踌躇的时候，他又想到了那句话："把正在做的做到最好。"是的，既然新进厂商都在忙于抢夺市场份额，干的仍是利用企业短信来做客户服务信息、收集客户数据等，自己为什么不开创新的商业模式，寻找新价值，让别人永远赶不上呢？

于是，小伙子开始走一条和其他短信群发企业完全不同的路，着手运行"卖三次"的商业模式。所谓"卖三次"，"第一次"是卖给某个企业软件，一旦使用这个软件就会带来通讯费用，即"第二次"，而"第三次"则是大量的增值服务，比如企业之间的互动营销费用等。这种全新的商业模式，等于"卖三次赚N次"，为公司带来了第二个高速发展期。

此后，小伙子更加坚定了自己的"短信"生意，就算在房地产、汽车行业大火的时候，他也毫不动摇，继续"把正在做的做到最好"。继"卖3次"的商业模式后，他把更多精力转移到3G的技术创新上，同时,还在全国30个省份发展了700多家分销商,将业务拓展到奥运会和世博会。

现在,这个小伙子已是著名的成功人士,他就是亿美软通的CEO李岩。其实,亿美所做的事本质上还是"替人发短信",但却收获了巨大的成功,难怪李岩说,绝招就是没有招式,只不过是把简单做到极致而已。

把正在做的做到最好,把简单做到极致。升华主题,揭示小伙子的身份,具有充分的说服力,引人深思,发人深省。

本文语言质朴、条理清晰,主题鲜明。人要有探索精神,即使荆棘丛生,也要勇敢向前,行好足下每一步路,把最简单的一步走好,走到极致,那么再大的风也吹不走你坚定的信念,也吹不跑你,因为你的脚下已被泥土抓牢了。做好当下的每一件小事,把简单做到极致。

叶紫芫 ◎ 评

知识链接

MBA是英文Master Of Business Administration(工商管理硕士)的简称,而其中文简称为"工管硕士"。工管硕士是源于欧美国家的一种专门培养中高级职业经理人员的专业硕士学位。工管硕士是市场经济的产物,培养的是高素质的管理人员、职业经理人和创业者。工管硕士是商业界普遍认为是晋身管理阶层的一块垫脚石。现时不少学校为了开拓财源增加收入,都与世界知名大学商学院学术合作,销售他们的工商管理硕士课程。工管硕士培养的是高质量的职业工商管理人才,使他们掌握生产、财务、金融、营销、经济法规、国际商务等多学科知识和管理技能。

文／清 冽

尊重他人所尊重的

举例从侧面烘托出卓别林的为人，为下文作铺垫。

在一次巡回表演的过程中，卓别林通过朋友的介绍，认识了一个对他仰慕已久的观众。卓别林和对方很谈得来，很快就成了关系不错的朋友。

在表演结束之后，这个新朋友请卓别林到家里来做客。在用餐前，这个身为棒球迷的朋友带着卓别林参观了自己收藏的各种各样和棒球有关的收藏片，并且和卓别林兴致勃勃地谈起了心爱的棒球比赛。

为后文埋下伏笔。

朋友对棒球爱到了痴迷的境界，一旦打开话匣子之后就收不住了，滔滔不绝地和卓别林谈起了棒球运动。自从对方谈起棒球开始，卓别林的话就少了很多，大多数的时候都是朋友在讲，他则微笑注视着对方认真地听着。

运用比喻，将场面描绘得更生动、形象。

朋友说到高兴的地方，两只手兴奋异常地比划了起来，他说起自己亲自体验到的一场精彩比赛时，仿佛已经置身于万人瞩目激动人心的棒球场上了一样，完全沉浸在了对那场比赛的回味之中了。卓别林仍旧微笑着看着对方，偶尔插上几句，让朋友更详细地介绍当时的场景。

由此可见卓别林在非常认真地听，也同样认真地对待朋友。

朋友越说越兴奋，只是对一直没能得到那场比赛里明星人物的签名有些沮丧。不过，这种沮丧的情绪很快就被他对那场比赛的兴奋所冲淡了。

那天中午，沉浸在兴奋之中的朋友说得兴起，差

点把午饭都忘记了，直到他夫人嗔怪着让他快点带客
人来吃饭的时候，他才不好意思地笑着拉起卓别林
来到了餐桌前。那天的午餐，大家的兴致都非常高，
尤其是卓别林和这位新认识不久的朋友，彼此之间
相谈甚欢。

　　在当地的演出结束之后，这位新朋友非常舍不得
卓别林，一直将他送出了很远，才恋恋不舍地道别。

渲染出朋友对卓别林的喜爱。

　　不久之后，这次巡回演出也告一段落了。回到家
里之后，卓别林通过各种关系费尽周折找到了朋友说
起的那个棒球明星，请他在一个棒球帽上签了名之
后，卓别林亲自把这个棒球帽寄给了远方那个对棒球
极度痴迷的朋友。

细节描写，烘托出卓别林对朋友真
诚、细致，用行动说明了一切。

　　卓别林的举动让他身边的人非常不解，因为大家
都知道，喜欢安静的卓别林对棒球从来就没什么兴
趣，他们简直就无法想象一个对棒球丝毫不感兴趣
的人只是为了朋友的一句话，就费了这么大的精力去
要一个签名。

　　尤其是当大家知道了对棒球一无所知的卓别林
居然和朋友聊了大半天的棒球比赛，大家更加想不明
白了——要知道，在那么长的时间里听朋友讲一个自
己完全不感兴趣的事情，那种滋味儿可是非常难受！

　　卓别林倒是很洒脱，他告诉身边的人："我是对
棒球不感兴趣，可我的朋友对棒球感兴趣，只有尊重
他人所尊重的事物，别人才能感受到自己被理解被
尊敬，这是一切友谊的基础。"

卓别林不仅是一个成功的搞笑巨
星，更是一个成功的朋友。与上文照应，
揭示尊重他人所尊重的很重要。

　　后来，当朋友听到了卓别林这段话之后，拿着他
送来的棒球帽，感慨良久。两个人的友谊整整延续了
一生，很多年之后，已经白发苍苍的他说起这段往事
仍旧慨叹不已："我今生能够成为卓别林的朋友，是
我最大的荣幸！是他让我明白了什么叫做真正的尊重
和真正的友谊！他的人格光芒，照亮了我的一生。"

结尾的论点扣题，使人明白一个深
刻道理：尊重他人所尊重的，让友谊走
得更长远。

　　这世界上有千千万万的人，每个人的兴趣爱好各
有不同。我们只有尊重他人所尊重的一切，尊重别人

的爱好和兴趣，才能和他们产生共鸣成为朋友。世上的悲剧，往往是由于不懂得尊重别人的兴趣，不懂得欣赏别人的行为方式和不懂得包容别人的生活方式而产生的。一个真正拥有智慧的人，必定是一个懂得尊重和包容他人一切的人。尊重他人所尊重的一切，也就是在为自己广交朋友，从而为人生的辉煌打下良好的基础。

结尾讲明道理。与文章题目相呼应，引人深思。

点 评

尊重他人所尊重的，是友谊的基础，体现出的是人性的光辉。伟大不是体现在一个人做一件伟大的事，而是体现一个人的品质上。一个人的成功并不仅仅是因为能力，还有品格的保证。

陈晞 ◎ 评

知识链接

查理·卓别林 (Charlie Chaplin 1889.4.16—1977.12.25)，英国电影演员、导演、制片人，无声电影时期最富创造力和影响力的喜剧大师。早在一次大战前，卓别林便以表演才华征服了世界影坛，正如萧伯纳所评价的，"卓别林是电影工业时代独一无二的天才"。从童年时踏上维多利亚舞台和英国音乐堂，直到88岁生命终结那一刻，卓别林的舞台生涯持续了75年光阴，他一生共拍摄了80余部喜剧片，代表作有《淘金记》《城市之光》《摩登时代》《大独裁者》《凡尔杜先生》《舞台生涯》等。

文/史 诗

哥们
我带着快译通呢

一个多年不见的老朋友刚刚从国外回来，于是我们俩就在茶楼里叙起了旧。聊着聊着，话题就转移到了他这些年在国外的打拼经历上。虽然很长时间没有见面了，但他在国外经商成功的好消息早就传到了我的耳朵里。我好奇地打听着他怎么能在这短短的几年里创造了这么一个不小的奇迹。

"当初你出国的时候一定带了不少钱吧？"我笑着问道。"我们家的条件你还不知道？当时家里除了给我办好了出国的手续和给了我一些基本的生活费之外，也就没能力再多给我什么了。"他笑着摇摇头说道。这时，我忽然想起了一个更加重要的问题，于是连忙问道："我记得你的英语水平可不太好吧！你认识的那么一点单词就是去超市买个胡萝卜都得费劲，身上没什么创业资金，英语水平又差的可以，你怎么就敢出去闯荡？"

他抬起头看着我，露出了自信的微笑："哥们，我带着快译通呢！我英语是不好，可我用翻译工具也能想方设法和老外们进行沟通啊！"他这话让正在喝碧螺春的我惊讶得差点没喷出来。我费了好大的劲才把这口茶水咽了下去，然后目不转睛地看着他："你这么

开篇简洁明了，直接交待了所写事件的起因与事发地点。

"好奇"一词使文章更具有期待性，为下文埋下伏笔。

本段对人物的语言进行了描写，用作者一连串的问题，引出朋友的自述，在段尾一连串对朋友英语水平的质疑，引出下文主要的故事情节。

首先对主人公神态进行描写，一个自信的微笑，体现出主人公的积极、乐观的一面。接下来作者用朋友的话，来点明文题，切入中心。

此处对"我"的动作描写体现出"我"当时惊讶的神情，也再一次将文章层次递进，进一步深化了文章的主题。

一个英语经常不及格的人仅凭借一个快译通就敢闯天下！"

面对我无比震惊的问题，他却显得非常轻松。朋友递过来一张纸巾，拍着我的后背笑着说道："你看，我有手有脚有劳动能力头脑又不笨，所以保障自己基本的生活不成问题；有了一个快译通，再加上我这点可怜的英语词汇量，我就能和老外们进行沟通，就有了发现机遇发展实力的机会。一个人只要具备了基本的生活能力和能够与他人进行有效沟通从而创造机会的能力，那么成功就只是一个时间问题罢了。"

他说完之后，微笑着端起茶杯，静静地看着我。我一边拿着他递来的纸巾轻轻擦拭着嘴角，一边反复咀嚼着他的话。短暂地沉默了一会儿之后，我再一次抬起头问他："那你当时就不害怕？毕竟你这是独自一个人去万里之外的异国他乡闯荡，你心里就不胆怯？"他笑着弯下腰，说道："其实在做出国这个决定之前，我也失眠了好长时间。当时我就琢磨着，那么多条件比我好的人在国外都没成功，我凭什么就相信自己能够打出一片天地来呢？可是后来，我想了很久之后才忽然明白，其实实现成功所需要的能力并不多，大多数人不成功，往往就是因为想的东西太多，从而磨灭了纵横天下的激情而已。人要想干一番事业，既需要深思熟虑，更要在考虑好之后立刻果断地去行动。"

那一天，我们聊了很久。当我们分开的时候，夜幕已经缓缓降临。我缓缓地走在喧闹的街头，心里的思绪如同潮水一样翻滚着。在这五光十色的都市里，有无数的人怀揣着梦想，一刻不停地为自己的未来在奋斗。他们上进，他们努力，他们激情澎湃，可是最后却有很多人没能品尝到成功的滋味。也许这些努力奋斗而没能成功的人，缺少的只是朋友那种带着快译通就敢只身闯荡的决绝和果敢，缺少的就是这么一

再次描写主人公轻松自信的神态，接着通过主人公的自述，点明文章中心，为下文作者的感想抒发奠定基调。

对朋友动作的描写处处表现出主人公阳光、向上、自信的人生态度。

两个反问又一次表达了"我"对朋友的质疑，使文章有起伏性，更加吸引读者。

朋友对于"我"的问题的回答，富有哲理，说理性极强，至此也是对文章所述故事中心的总结，意味深长，耐人寻味，令人深思。

结尾作者运用自己的话对朋友的人生观进行总结。

将那些不停为自己奋斗而不获成功的人与朋友自信的成功做对比，突出主人公身上那种自信、勇敢的优秀品质。

份无所不能傲视天下的魄力。

成大事者，不仅要有丰富的知识储备，八面玲珑的社交手段，更需要有这么一份敢想敢干的魄力。敢驾驶帆船下水的人，才能在巨浪滔天的大海里创造惊人的奇迹，即使你的条件再好，而不敢下海的你永远就只是一个胆小、怯懦、平庸的旁观者而已。

让我们一起卷起裤管，挽起衣袖，扬起风帆，迎着海浪纵横驰骋去闯荡吧！有大魄力，才能有大成就！

对朋友精神品质的总结。

亲切的语言，点明中心与前文照应，让人以激动的心情结束对文章的欣赏。

文章立意新颖，结构严谨，引人入胜，将作者的观点表现得淋漓尽致。很多时候，我们不再相信自己从而失去了上天恩赐给我们完成梦想的机会。当我们知道自己是对的时候，回头亦晚矣，也会感到自己很没有勇气，因而也会为此伤心难过。

我们应该学会用自信的微笑面对生活，拥有机智勇敢，用自信的眼光审视自己，会发现原来我们也是一块金子。

柏超凡 ◎ 评

=== 知识链接 ===

快译通股份有限公司成立于1992年，与香港股票上市公司——权智有限公司共同合作，致力于研发人性化、多功能的电脑辞典为目标。除了电脑辞典外，快译通亦跨足PDA掌上电脑、手机多样化的消费性电子产品领域，其以创新的商品为消费者带来更便利的科技生活。

文／大智者

这一次 我没有躲避

那是一次空前激烈的比赛，作为少年篮球队的绝对主力，吉诺比利带领着他的球队和强大的对手进行着高强度的对抗。身体的撞击声，篮球的拍击声，粗重的喘息声以及球迷们疯狂的呐喊声充斥着整个球馆。

就在比赛进入到最关键时刻的时候，对方球队里的一个身材魁梧的大个子带着球冲着吉诺比利防守的方向飞奔而来。队友们大喊着让吉诺比利防住对方，吉诺比利也站好了位置等待着对手。然而，当对手冲到面前之后，吉诺比利被他狰狞的面容和拼命的架势震撼了。吉诺比利知道，如果硬碰硬的拦截住对方，那么自己势必要受伤。吉诺比利稍一犹豫，本能的向旁边躲避了过去，对手如同泰山压顶一样在篮筐上暴扣！因为投进了这个关键的进球，尤其是因为吉诺比利这一躲让队友们大失所望，所以对手很快就在气势上胜出了一筹，迅速赢得了比赛。

为了避免受伤而在关键时刻的这一躲避闪身，成为了吉诺比利心中的阴影。在这个世界上，再也没有什么能够比在对手面前胆怯懦弱不敢面对面的对抗更打击一个人的自信了。在那之后的很长一段时间里，吉诺比利始终都抬不起头来，尽管他技术全面，头脑灵活，有很强的领袖气质，可他在关键时刻的懦

批注（左栏）：

这里交待了故事的三要素。运用感官描写，让读者有一种身临其境的感觉。

运用心理描写，写出了吉诺比利内心的恐惧与忐忑。

运用比喻的修辞，生动贴切地写出对手的凶猛。

这里写出吉诺比利赛后由内疚转化为自卑的过程。

弱退缩让自己彻底失去了自信。而没有了自信的吉诺比利在赛场上渐渐失去了往日的灵性，成了一个可有可无的人。

丧失了信心的吉诺比利对一切都感到悲观绝望，于是，他决定放弃自己热爱的如同生命一样的篮球事业。做出这个决定之后，吉诺比利在训练场上久久地徘徊着，眼含热泪的看着这个曾经为自己带来无数荣誉的地方，哽咽无语。

这里运用动作描写，写出吉诺比利的无奈以及他对篮球的热爱与不舍。

就在这时，一只有力的手放在了吉诺比利的肩上。吉诺比利连忙回头，发现教练正笑盈盈的看着自己，他连忙擦去眼角的泪水，冲着教练挤出了一丝微笑。

"我只想告诉你，有些难关是绕不过去的，要么你这一辈子成为一具没有血性的行尸走肉，要么你就战胜自己找回生命的尊严。"教练说完之后，微笑着转身离开了。

这里是一个转折点，教练的话也为后文吉诺比利的表现作了铺垫。

吉诺比利望着教练的身影，呆呆地站在原地，泪如雨下。

很快，队友们就听说吉诺比利放弃了退役的打算，并且主动要求在下一次比赛中盯防对方进攻最凶悍的队员。让大家吃惊的是，教练居然答应了吉诺比利的请求，所有人都想不明白教练为什么要把这么重要的任务交给一个已经被摧毁了自信变得无比懦弱胆怯的人？尽管大家不理解教练的决定，却不得不听从教练的安排。

用疑问句设下悬念，为下文埋伏笔。

当比赛来临的时候，吉诺比利的表现果然不出大家所料，他的失误仍旧那么多，在球场上表现得非常没有自信，所有人都不看好他。就在比赛进行到白热化阶段的时候，吉诺比利再次单独面对对方最强悍队员的进攻，历史总是相似的，谁也没有想到曾经的一幕再度上演。

吉诺比利在赛场上失败的表现与对方的强悍形成了鲜明对比。

来不及回来救援的队友们干脆已经站着不动或是捂着脸准备接受失败了，当对手冲到吉诺比利面前这里描写了观众的表现，将现场的情景生动、形象地表现出来。

这里用吉诺比利的动作描写，写出他当时的勇敢与变得勇猛的表现，让人为之一震。

这里写出吉诺比利战胜自己后的释然。点明题目。

照应文题，意味深长，发人深省。

的时候，吉诺比利本能地缩了一下身体，现场的观众们立刻响起了一片嘘声，甚至有人已经开始提前离席退场。

然而，这时候一个让所有人吃惊的场景出现了——吉诺比利在短暂的犹豫之后，不顾一切地站好了位置，面目狰狞地大喊着，冒着受伤的危险义无反顾地重新挡在比自己高一头的对手面前。

"砰"，一声重响之后，吉诺比利被对手狠狠地撞出了底线，对手也因为吉诺比利的拼命阻挡而犯规。球场里陷入了短暂的沉默，突然，队友们大喊着吉诺比利的名字向他飞奔而来，观众们纷纷起身，一边喊着他的名字，一边为他鼓掌。

吉诺比利这种不要命的打法让对手看傻了眼，在接下来的比赛里频频出错，很快就输给了吉诺比利的球队。受伤下场的吉诺比利睁开被对手撞得红肿的眼睛，擦去嘴角的鲜血，缓缓地说道："这一次，我没有躲避！"

身边的队友将吉诺比利紧紧地抱在怀里，吉诺比利的热泪滚滚而下。

从那之后，身体条件并不占优势的吉诺比利从来没有在赛场上需要他的时候躲避过，这次的比赛完成了他的自我救赎。多年之后，他用自己顽强的性格为自己在NBA赢得了巨星的地位。

当面对强敌时，很多人都曾懦弱胆怯过。懦弱不可怕，可怕的是从此失去信心，一蹶不振。别担心受伤，别害怕遭罪，别恐惧未来，拼尽我们的力量，燃烧我们的鲜血，让我们像男人一样站起来，对着呼啸而来的压力大喊一声：这一次，我没有躲避！

文章题目新颖，内容丰富，层次清楚，动作、心理、语言的描写使文章更加生动、形象，读后令人深思。

　　每一次磨砺都是一次成长。

　　每一个人在生活中都会遇到坎坷，当执著的付出被自己的潜在意识打败时，不要灰心，因为即使痛哭流涕也是徒劳的，要知道，没有经历过风吹雨打，哪会有秋天的硕果累累；没有刺骨的寒风凛冽，哪会有松柏的坚韧。只有战胜了内心的恐惧与阴影，才能成为真正的强者。

　　有人说，勇气是天生的，可从本文来看，勇气人人都有，它隐藏在我们看不到却又触手可及的地方，一旦找到了，便是真正地战胜了自己。其实在面对无比强悍与凶猛的对手时，谁都会害怕，想躲避，想退缩，可是一旦我们咬着牙挺直了身子，你会发现，世界上，没有什么是坚不可破的，不是吗？

　　人生的旅途中，会有更多的问题等待着我们，勇敢面对，坦诚面对，永不低头，即使失败了，我们依然可以抬起头来擦着嘴角的血骄傲地说："这一次，我没有躲避！"

孙小莹 ◎ 评

知识链接

　　篮球运动是在1891年由美国马萨诸塞州斯普林尔德市基督教青年会训练学校体育教师詹姆士·奈史密斯博士，借鉴其他球类运动项目设计发明的。起初，他将两只桃篮钉在健身房内看台的栏杆上，桃篮上沿离地面约3.05米，用足球作为比赛工具，任何一方在获球后，利用传递、运拍，将球向篮内投掷，投球人篮得一分，按得分多少决定比赛胜负。在1891年的12月21日，举行了首次世界篮球比赛，后来篮球界就将此日定为国际篮球日。

被毁灭的只有过去

被毁灭的只有过去，命运无法摧毁未来，一切都在你的掌控之中。擦去眼泪，甩开包袱，微笑着站起来，所有的悲伤和失败都属于过去，我们现在所要做的就是不屈不挠地继续奋斗下去！

文/王者归来

把广告打到鸡蛋上

在山西医科大学上学的时候，每到周末李朝利就会和好朋友们一起去逛街游玩。逛街的次数多了，李朝利就像很多人一样遇到了让人头疼的事情——当你经过那些站在路边发广告的人时，你是接还是不接？不接吧，实在是不礼貌，人家忍受着风吹日晒雨淋就为了赚点钱，不接的话，心里很不舒服；接了吧，这宽敞的马路上遍地都是发传单广告的，用不了多久你就能像捧着一簇鲜花一样接到无数花花绿绿的广告。

有一天几个闺蜜坐在咖啡厅里聊起传单广告这件事，大家立刻像一群小麻雀一样叽叽喳喳地说个不停。这时候，一个朋友忽然说道："其实不止我们头疼，那些发放广告的商家比我们更头疼。无论是雇人在路边发放传单，还是在公交车电梯里花费巨资投放广告，或者是更加大手笔地在电视台投资播放广告，很大一部分的效果并不好。像这些传单小广告总共才有几个人看？而那些在公交车电梯等地方投放的广告也不是都能得到高度的关注。"

朋友说完，大家陷入了短暂的沉默之中。不过，女孩们很快就聊起了时尚八卦和衣服的流行款式，将广告的事情抛在了脑后。然而，李朝利是一个有心人，朋友的话让她想了很多。

在随后的一段时间里，李朝利一直在反复想着

文章开篇用李朝利与好友逛街，对于接不接广告这件事的矛盾心理，引出下文李朝利对广告业的思考，上下文衔接得十分自然。设问的运用，使语言更生动。

用词十分新颖，紧跟时代潮流，用当下比较流行的"闺蜜"一词与读者拉近了距离。

"叽叽喳喳"一词生动形象地描写出了几个女生坐在一起交谈的情景，十分真实，贴近生活。

这里写"李朝利是一个有心人"，与下文的"上天总是垂青有心人"相互照应，也蕴含着"机会总是留给有准备的人"这一哲理。

中间这一段描写李朝利对广告业的思考，既照应了前文，又引出下文李朝利发现广告的核心所在，并为计划把广告打在鸡蛋上作铺垫，承上启下，上下文过渡自然、巧妙。

反问的运用，加强了语气。

"毫不犹豫"一词生动形象地表现出李朝利要将广告打到鸡蛋上的决心，也暗示着，她的努力必将获得成功。从侧面烘托出她的性格特点。

这个问题，终于灵光一闪，让她想出了点门道——广告种类不同，企业大小有别，有些大企业或是热门行业适合在公交车电梯的广播电视上打广告，可有些小企业或是冷门行业既拿不出这么多的广告费用，现有的广告投放渠道又不能带来良好的回报，这不就是一个巨大的市场吗？

上天总是垂青有心人，就在这个时候，李朝利在上网的过程中惊喜地发现了一个故事——日本的一家企业将自己的广告打在了鸡蛋上！李朝利拍了拍脑门，一下子开了窍。广告的核心竞争力不在于你投放的成本和声势有多大，而在于有多少人能够看到你的广告，从而尽可能多地增加你的潜在销售机会。一件商品，可能一百个人里只有一个人会有兴趣购买，那么让更多的人知道这件商品的存在，就能增加商品销售的机会。路边的小广告你可以看都不看就随手扔掉，公交车上的广告你可以完全忽视，可谁炒鸡蛋之前，眼睛的余光能够完全不看一眼鸡蛋？也就是说，只要在鸡蛋上贴上了广告，那么广告被看到的机会就是百分之百。

大学毕业之后，李朝利在重庆找到了一位合伙者，两个人一拍即合。在经过充分的市场调研和随机调查之后，两个人确定这是一个巨大的市场，于是毫不犹豫地组建了"绿色巴士广告部"，专攻鸡蛋广告。

随后，李朝利和自己的合伙人找到万盛区一家生产山药面条的企业。当他们把自己的创意和对方的老总谈了之后，对方的老总觉得这是一个很有意思的创意，而且前期投入非常少，很值得一试。于是老总当即拍板决定投入1.6万元，在20万只鸡蛋上打广告试一试。

当第一批鸡蛋广告投入到农贸市场之后，李朝利和合伙人紧张得连觉都睡不着。虽然鸡蛋广告的创意很不错，而且也经过了两人客观地调查和分析，再加上广告费是厂家出的，所以广告鸡蛋的价格和普通鸡蛋是一样的，所有的问题和风险都已经考虑到了，但毕竟两个人以前都没做过生意，市场又是残酷无情的，谁也不知道会发生什么。就在两个人异常紧张的时候，工作室里的电话响了。

设置悬念，为下文写李朝利与合伙人的成功作铺垫。

李朝利拿起电话，手有些微微发抖，合伙人屏住呼吸，静静地坐在她身边。电话里传来了进货商粗重的嗓音："你们那里还有印着广告的鸡蛋吗？我这里脱销了！"李朝利放下电话之后，眼泪差点就落下来，合伙人已经开始轻轻擦拭眼角的湿润了，他们知道自己成功了！

与前文相呼应，渲染出她们内心激动的心情。

很快，这种新奇的鸡蛋广告就成为了重庆街头热议的对象，多家媒体也纷纷跟踪报道，订单像雪片一样飘来，李朝利和合伙人依靠着独特的思维赢得了成功。

运用比喻、夸张的修辞，渲染出她们的成功。

广告行业的本质规律就是尽一切可能让更多的人看到广告，只有这样才能让人们在脑海中留下印象，并且衍生出兴趣。李朝利和合伙人正是抓住了广告的本质规律，才能依靠极少的资金取得了成功。世间万物，都有各自的本质规律，谁有高人一筹的洞察力，谁就得到成功的金钥匙。

文章最后的议论，引发了读者的思考，蕴含深刻的哲理，升华文章主题，突出了文章的中心和写作目的，起到了画龙点睛的作用。

把广告打到鸡蛋上，赢的不仅是创意，更是对事物的洞察力。

本文首尾呼应、前后照应，文章开篇从李朝利与好友逛街，从而引发对广告业的思考，层层铺垫，不断地设置悬念，吸引读者，使读者有读下去的欲望。本文在叙述中也常常蕴含着哲理，如"上天总是垂青有心人"等，让读者在不知不觉间便领会了文章所传达给读者的思想内涵。此外，文章的最大亮点在于文章的题目和文章结尾的一段议论。我们常说文章的题目是文章的"眼睛"，而本文的文题赋予了文章一双美丽的、吸引人的"眼睛"。文章结尾的议论不但起到画龙点睛、升华主题的作用，还引起了读者的思想共鸣，引发了读者的思考。

李昕娜 ◎ 评

═══ 知识链接 ═══

　　广告是为了某种特定的需要，通过一定形式的媒体，公开而广泛地向公众传递信息的宣传手段。广告有广义和狭义之分，广义广告包括非经济广告和经济广告。非经济广告指不以盈利为目的的广告，又称效应广告，如政府行政部门、社会事业单位乃至个人的各种公告、启事、声明等，主要目的是推广；狭义广告仅指经济广告，又称商业广告，是指以盈利为目的的广告，通常是商品生产者、经营者和消费者之间沟通信息的重要手段，或企业占领市场、推销产品、提供劳务的重要形式，主要目的是扩大经济效益。

文／萧　萧

被毁灭的只有过去

　　一个人失败一次，叫偶然；一个人失败N次，叫憋屈。宁财神就曾经是这么一个憋屈到家的人。

　　在上海的时候，宁财神做过期货生意，结果赔得眼泪都快掉下来了。后来，辗转来到北京给朋友开的公司帮忙，本以为从此可以大展手脚，没想到几年之后，公司又破产了。眼看身上带的钱快花光了，宁财神急得眼里直冒火，和几个朋友像小猫一样蹲在北京的一个小宾馆里没日没夜地写剧本，结果王朔看完之后，都懒得批评了，因为水平实在是太差了。

　　在随后的很长一段时间里，宁财神连吃饭都成了问题。眼看身上所剩的积蓄越来越少，宁财神开始掰着手指头算计着怎么才能把自己的肚子糊弄饱。为了能够活下来，为了能够有体力继续在北京折腾，宁财神绞尽脑汁。为了能吃饱饭，宁财神每次煮面的时候都多放汤，这样本来只够吃一顿的面就能勉强吃上两顿。有一次，一个老朋友来看宁财神，半天没说话，临走的时候才悄悄告诉他："我怎么感觉你的两只眼睛里直冒绿光呢？像一只饿了多少天的狼一样！"

　　堂堂七尺男儿，不仅没能为家人赚来好生活，而且现在混得几乎连饭都快吃不上了，每次想到这些，宁财神那张挂满笑容的脸上无论如何也挤不出笑脸来了。在无数个不眠之夜里，宁财神愣愣地望着天花

开篇语言引人入胜，吸引读者。

叙述了宁财神奋斗前期所遇到的挫折，体现出打拼的艰难。比喻修辞的运用将他当时的窘境生动、形象地描绘出来。

生动形象地写出了宁财神生活的贫困潦倒。

运用比喻的修辞方法，生动形象地写出了宁财神的贫困潦倒，用宁财神的饥饿，侧面烘托出他的境况。

设置情节，为下文作铺垫。

连续运用反问，加强语气。点明主题，并解释主题。

"笑嘻嘻""豁出去""不分昼夜""全力以赴"，宁财神想尽办法努力赚钱，为下文作铺垫，肯定会有意想不到的收获。

侧面描烘托出宁财神的坚忍、执著的、奋斗拼搏的精神。

板发呆，前途一片茫然。这样低落惆怅的情绪持续了很长一段时间之后，宁财神知道自己不能再这样继续萎靡不振了，不奋斗不努力，就只能在这里坐着等死！

谁一辈子不经历失败？谁的人生没有低谷？被毁灭的只有过去！只要自己还没死，一切就还有转机。就当所有人都以为这个被命运击败的男人已经彻底支持不住的时候，宁财神又笑嘻嘻地出现在了人们的视线之中。宁财神想方设法地寻找着赚钱的机会，只要能赚到钱，不管多苦多累多折磨人，他都豁出去了。为了能够出人头地，宁财神真是玩了命，他几乎不分昼夜地拼命接来各种各样的工作，无论是写文章，做剧本还是管理网站，只要是能赚钱，他就全力以赴地做好。

别人出去谈工作，都是开着车或者坐着出租车，可宁财神往往只为了对方一句话就得挤上北京最拥挤的公交线路，然后像被挤成鱼肉罐头一样紧紧贴在车窗上，一路备受煎熬地熬到目的地。长期熬夜工作，让宁财神的身体渐渐透支，而且独自一个人憋在屋子里想文章的滋味儿更加难受，巨大的压力让他常常有一种大喊的冲动，似乎只有这样才能发泄一下他内心的郁闷。

身材单薄的宁财神显示出了极强的生命力，他每天起来第一件事就是拼命地鼓励自己，强迫自己坐到工作台前，从早忙到晚，连节假日都变成了工作日。努力奋斗，已经成为他生命的全部，他在无数个寂寞的夜晚用辛勤工作为自己争取胜利。过去的失败经历几乎将他彻底击垮，可倔强的他不相信自己被击倒一次之后就再也站不起来了！一个人的孤寂，经济的拮据，生活的颠沛流离，这一切都让他苦恼不已。可每天他就是带着这样那样的苦恼玩命地写作，四处奔波，从而为自己赢得了生活的转机。

随着生活阅历的加深，个人能力的提高和人脉网络的拓宽，宁财神在北京的文化圈里渐渐有了名气，越来越多的人认识他，并且非常赏识这个聪明肯干永不放弃的小伙子。大家的认可多了，宁财神的工作机会也就渐渐多起来，他的收入也逐渐增加了，生活也慢慢稳定下来。

　　后来，宁财神凭借着《武林外传》等情景喜剧，成为广受欢迎的编剧。他用自己的辛勤和汗水浇灌了成功的娇艳花朵。如今的宁财神已经成为响当当的人物，这个名字代表了阳光、积极、奋斗、向上，而拥有这个名字的人本名叫做陈万宁，宁财神只是他的别名。陈万宁能做到的，我们也能做到，所谓奋斗，就是像他一样永不放弃，在挫败中昂然而起！

　　贫穷、疾病、失恋、挫折连连，这样的人生低谷谁都不愿意经历。可是既然我们陷入到了这样让人沮丧的环境里，那么我们也不能自甘沉沦！被毁灭的只有过去，命运无法摧毁未来，一切都在你的掌控之中。擦去眼泪，甩开包袱，微笑着站起来，所有的悲伤和失败都属于过去，我们现在所要做的就是不屈不挠地继续奋斗下去！

正是他这样不懈的努力，才使得更多的人认识他、更多人赏识他。"聪明肯干永不放弃"，与前文相照应。

进一步赞叹了宁财神那种"聪明肯干永不放弃"的精神。

下定义的方式，令读者更易阅读。

再次重申主题，升华主题，耐人寻味，令人深思。

　　文章条理清晰、语言流畅，具有说服力，将作者的观点充分表现出来：被毁灭的只有过去，然而，风过了就过了，不要再想了。

　　命运无法摧毁未来，一切都在自己的掌握之中。擦去眼泪，甩开包袱，微笑着站起来，所有的悲伤、失败属于过去，我们现在所要做的就是不屈不挠地继续奋斗下去！

　　在逆境中更要努力奋斗，不能放弃希望。用全身的力气从一点一滴小事做起。不要害怕失败，失败永远是成功之母，只要努力，坚持不放弃，终有一天会看到明媚的阳光。

　　甩开包袱，坚信，你永远是太阳！不能气馁。

王翰莹 ◎ 评

━━ 知识链接 ━━

　　情景喜剧，是一种喜剧演出形式，这种形式一般认为出现在美国广播黄金时代（20世纪20年至50年），如今在世界范围内被广为接受。在很多国家，情景喜剧都是最受欢迎的电视节目之一。美国的电视剧分类中，情景喜剧、肥皂剧和情节系列剧三者都属于"电视连续剧"的范畴；虽然后两者之间常互相渗透，但情景喜剧和后两者之间的区别很大。除情景喜剧外，其他一些搞笑成分居多的剧集，虽然在内容、表现形式、时间长短上（45分钟左右）和情节系列剧一样，但在参加电视奖项角逐时，通常也会归入喜剧类。

写作技法积累

文学艺术表现手法

　　文学艺术表现手法也可称为文学艺术表现方法（或表达技巧），凡是能使文章整体或部分产生鲜明强烈的印象，达到感染读者的艺术效果的手段或方法，都可视为表现手法。主要着眼于使文章的整体或部分产生效果。

　　常见的表现手法有：赋、比、兴、烘托、象征、用典、白描、蒙太奇、托物言志、借景抒情、心理刻画、寓庄于谐、联想和想象，等等。

文／沁园春

人生是一盘棋

父亲是一位中学教师，平素喜欢下棋。他喜欢翻阅有关棋类的书刊，电视上的棋赛转播是他最喜欢的节目，尤其是象棋和围棋。一有空闲，就一个人坐在那里津津有味地琢磨棋谱，但他的棋艺并不算很高，只能算是一个超级业余爱好者。

父亲最特别的不是他喜欢下棋，而是他下棋时的那份认真和投入，丝毫不逊色于阿城的那部著名的小说《棋王》中的主人公王一生。对他下棋时表现出来的那副十足的认真，我曾不以为然地在心里嘀咕：又不是什么关系重大的事情，不过就是业余消遣而已，输了再重来就是了，没必要那么较真。可转而一想，父亲做什么事情一向都是很认真的，便以为那是他的性格所然。

父亲跟我下棋，每次只下一盘，无论输赢，一盘棋结束了，任我怎么请求或激将，他都绝对不肯接着下第二盘。若是我输了，他会欣然地指教我："回头想想，输在哪里了。"若是我侥幸获胜，他便会遗憾地摇摇头，好像不认识似的望着我说："你进步挺快啊，我得总结总结教训了。"

临近高考，我想放松一下紧张的心理，便请求与父亲下棋。父亲仍是一脸的严肃认真："说好了，还是老规矩，今天只下一盘棋。"

开篇先写出父亲喜爱下棋，也写父亲是中学教师，为后文父亲教育我埋下伏笔。

我对下棋这件事的不以为然与父亲对下棋的严谨态度形成鲜明对比，也为下文"我"与父亲下棋作铺垫。

父亲的奇怪规定，给读者留下悬念。

运用语言描写，再次强调父亲的规定。

我与父亲对弈了一盘后，父亲不肯再下，我十分不解，询问父亲原由。

语言描写，运用反问的修辞，将我的不满情绪生动地表现出来。

父亲对我说明缘故，通过"每次只下一盘棋"的这个规矩告诉我：应当抓住每一个成功的机会，想好自己下一步要做的是什么。与前文相呼应，提示主题。

作者理解了父亲的用意，原来他一直以来定的"只下一盘棋"的规矩是想启示我：不要小看每个细节，机会也不是一直有的，只有把握住每一次成功的机遇，那样，人生才能少留遗憾。

不到一个小时，一盘棋就结束了。我意犹未尽地央求父亲再下一盘，父亲固执地坚决不肯。我有些失望地说："不就是下一盘棋嘛，有什么大不了的？你那个呆板的规矩该破一破了。"

"下了好几年的棋了，你还没有悟出一点儿棋道啊？"父亲问我。

"我的棋艺不是在稳步提高吗？还要悟什么棋道？"我有些不解。

"这些年来，我之所以立下那个特殊的规矩——每次只与你下一盘棋，其实是想要告诉你：下一次棋就是给你一次取胜的机会，而我不会连续地给你机会的，你要想获胜，就必须珍视眼下的每一盘棋，必须细心地考虑好每一步棋，必须认认真真，不能随随便便地落子，因为无论是输是赢，这盘棋你只要是与我下过了，就不能再重来了。"

看到我似有所悟，父亲带着期许的目光继续开导我："人生，其实就是一盘不能重新开始的棋局，眼前的每一步，都会直接或间接地影响到后面的进程，甚至影响到最终的结果。如果能够奠定好的开局、并善于稳扎稳打，经营好中间的行棋过程，自然最终取胜机会就会大一些。反之，就可能会落得一败涂地。所以，特别是在年轻的时候，一定要学会深思慎行，要给未来的发展打好基础，一定不要错以为时间和机会还有的是，不要以为错过的机会还可以重来。"

哦，原来父亲这些年来"醉"棋之意不在棋啊，他是在下棋过程中感悟人生的真谛、掌握生活的艺术啊。他对我采取那样特殊的下棋规则，是想让我懂得——一定要重视生命中的点点滴滴，重视每一个细微的环节，重视每一个珍贵的"今天"，努力地去创造并及时地把握住擦肩而过的每一次成功的机遇，那样，人生才能少留遗憾或懊悔。

细细地品味人生，其实生命中有许许多多美好的东西，比如学业的进步、事业的成功、爱情的幸福等等，都是我们在不经意中失去的，因为很多时候，我们总是错以为后面还有很多机会，做事常常不能全心全意地认真对待，伴随而来的常常是诸如随便、懒散、松懈、拖沓等等一些不良的习惯，而且就在浑然不觉中，浪费了很多宝贵的时光，造成了人生很多令人扼腕痛惜的缺憾。

人生是一盘不能重复的棋，每一枚棋子都关系重大，每一个人都应该在深思熟虑后再行棋。如此，才能够获得更多的胜利，即使最终因棋艺欠佳等因素仍是失败，也失败得光荣，失败得无怨无悔。

作者在结尾点明主题，道出主旨，写出作者的切身感悟——做了就不要后悔，努力做好每一件事。升华了主题，起到了画龙点睛的作用。

文章的主题明确，结构严谨，以小见大。作者的父亲通过下棋这件小事来教会作者人生的大道理，而作者又以一种夹叙夹议的方式为读者讲明这个道理。

人生的每一步都是重要的，不可以忽略每一个细节。正所谓——细节决定成败。可能微不足道的一小步，却改变人的一生。

周星瑞 ◎ 评

=== 知识链接 ===

围棋起源于中国古代，是一种策略性二人棋类游戏，使用格状棋盘及黑白二色棋子进行对弈。

它体现了汉民族对智慧的追求，古人常以"琴棋书画"论及一个人的才华和修养，其中的"棋"指的就是围棋。被人们形象地比喻为黑白世界的围棋，是我国古人所喜爱的娱乐竞技活动，同时也是人类历史上最悠久的一种棋戏。由于它将科学、艺术和竞技三者融为一体，有着发展智力，培养意志品质和机动灵活的战略战术思想意识的特点，因而，几千年来长盛不衰，并逐渐地发展成了一种国际性的文化竞技活动。

文/包利民

爱我所有

有三个人在旅途中相遇了,于是结伴而行,他们探讨着关于人生的话题,由于观点不同,激烈地辩论着。就算是在休息的时候他们的嘴也不闲着,这时一个老人走了过来。他侧耳听了一会儿,也没听出个所以然,于是问:"你们吵什么呢?"三个人说:"我们在争论对诗人生的态度问题,可是却发生了很大的分岐!"老人来了兴趣,说:"好啊,你们挨个说说看,我给你们评评!"

甲第一个站起来说:"我这个人什么都喜欢,看见别人有的东西我就也要努力去得到。按理说我这应该算是一种很积极的人生态度了,可是我每天四处奔波、辛苦劳碌,却依然有太多的东西无法得到,我为此又累又烦恼,觉得生活没有乐趣可言。可是人活着不就是要不断地去追求吗?为什么这样的人生也会感觉疲惫呢?"

乙看了看老人,接着说:"我和甲的情况不一样,他根本没有自己的主见,见别人有什么自己就想有什么,把自己的喜好建立在别人身上,当然会累了。我只去追求那些我自己喜欢的,我也的确是这样去做的,一开始我过得快乐而满足。可是随着时间的推移,我喜欢的东西越来越多也越来越难以得到,大概人的欲望就是这样膨胀的。所以我也过得不开心,觉得很累!"

开篇第一段,用"人生态度的分岐"引起下文。阐述对人生态度不同看法的讨论和思考。

疑问句的使用,顺利过渡,使文章更加贴切、自然。

甲:人生态度很积极,有追求,不断进取,努力得到更多,却十分疲惫,十分烦恼,觉得生活没有乐趣可言。

因为他没有真正的目标,为下文老人对他的评价作铺垫。

乙对甲的评价:没主见,见什么爱什么。从侧面烘托出乙的主观思想。

点出乙不开心的原因,为下文作铺垫。

老人看了看丙，问："你呢? 你是不是也觉得活得很累呢?"

丙笑着说："我觉得活得一点也不累，相反却充满了情趣。我不像他俩那样刻意去追求那些喜欢的东西，我只是顺其自然地去努力，我加倍地珍惜得到的每样东西，因为我曾为它们付出过努力，所以有时就算我无法得到一些东西，但一看到我拥有的东西，也就没什么遗憾了。正是因为我珍惜已经拥有的，所以我一直活得满足，而且充满了希望!"

丙的生活满足而有希望。没有刻意追求，一切顺其自然的，付出努力。与前两人形成鲜明的对比。

老人听完他们的述说，微笑不已。三个人问他："老人家，你倒是给评评啊!"老人说："甲的人生态度看似积极，实则根本没有什么明确的人生目标，什么都爱，其实什么都不爱，忙到最后也不知到底是为什么而忙，所以活得不快乐。你的人生态度可以用四个字来概括，就是'我爱所有'。"甲闻言低头沉思了一会儿，深觉有理，不禁脸有愧色。

总结归纳，点明要害。

老人看了看急切的乙说："你的人生态度也可以用四个字来概括，'有我所爱'。凡是你喜欢的你就要得到，就像你说的那样，欲望越来越多，自然是疲于奔命了，你这是典型的为物所役，活得很被动，所以活得累。"乙的脸上现出一副豁然开朗的神情，连连称谢。

指出原因，令人信服。

丙笑着问："那我呢?"老人笑着说："你一直活得开心而充满希望，就不用我多说什么了。嗯，你的人生态度也是四个字，'爱我所有'，这是一种大智慧!"

人生态度"爱我所有"，用四个字诠释了文章主旨。

三个人告别了老人，带着一种全新的心情踏上去远方的路。

珍惜所拥有的，珍惜现在，就是珍惜生命。如果付出无数的心血与汗水得到的东西，你却不知珍惜，那么一切也都是徒劳，你的付出也只不过是毫无意义的苦难的轮回。清点你的财富，好好地去珍惜，那么你必将拥有一个无愧无悔的人生!

总结全文，点明中心，升华主题，深化主旨，引人深思，发人深省。

本文以记叙文的形式，通过写甲、乙、丙三个人的人生态度，阐发了"珍惜所有的"这一主题。正如文章结尾所说"珍惜所拥有的，珍惜现在，就是珍惜生命"。的确，无止境的追求，而从不知满足，那么一个人的付出也只不过是毫无意义的苦难的轮回。如果一个人对事物的追求只局限于满足自己无底洞般的欲望，那么，他必将是不快乐的，无休止的欲望与快乐的生活是成反比的。

　　所谓"知足常乐"，我们应该学习丙那种顺其自然，珍惜一切的人生态度，一个人真正的快乐就是珍视自己所拥有的。"清点人生的财富，好好地去珍惜，那么你必将拥有一个无愧无悔的人生"。

　　这并不是在教我们"无欲无求"，人生应该有所追求，毕竟人生的价值是在不断追求中实现的。只是这种追求应该有个限度，过多的索求只是让我们像蜗牛一般背负着沉重的壳，为生活所累。一切只需顺其自然的努力，正如歌中所说"What ever will be will be"，只要努力过，不给人生留下空白，不给自己留下遗憾就好，不需过多的刻意。我们应始终明白生活给予我们的远比我们所真正需要的要多得多。生活的大智慧，学会珍惜吧！

　　珍惜才能真正拥有，珍惜快乐，珍惜幸福，珍惜我们所拥有的一切。生活中，我们在不断成长，父母却在不断衰老，我们应珍惜与父母在一起的每一分每一秒，就不会经历"树欲静而风不止，子欲养而亲不待"的痛苦与悲哀。

　　"爱我所有"，珍惜铸就永恒。

李易星 ◎ 评

知识链接

　　有一天，俄国作家索洛古勒来看望列夫·托尔斯泰，说："您真幸福，您所爱的一切您都有。"托尔斯泰却说："不，我并不拥有我所爱的一切，只是我所有的一切都是我所爱的。"人们皆渴望"拥有一切所爱"，殊不知，"爱我所有"才是最大的幸福。

文／老山石

不错 但是不够

　　张铁泉默默地在学校的操场上徘徊了很久。他在学校里失神地走着，走了又停，停了又走。忽然，他狠狠地咬了咬自己的嘴唇，挺直身子，昂起头，大步流星地向校门外走去，再也没有回过头。

> 文章开头用一连串的动词表现主人公踌躇不定的心理，内心的情感很复杂，为下文的叙述作铺垫。并设置悬念，吸引读者。

　　他知道，这一走，自己的人生就将彻底发生改变——因为他这次来学校不是为了上课，而是为了告别。家里已经负担不起他的学费了，他只能选择回家务农。

> 交待事件的起因和背景，也表明了这次决定对他的人生有很大的影响。

　　家里很穷，穷得有时候连吃饭都是问题。可就是这样，从小就酷爱体育的张铁泉还是把那一点少得可怜的压岁钱全都用来购买体育器材了。在一个个冷风飘扬的早晨，这些体育器材就这样舞动在这个少年手里，陪他一起走过了无数清凉的青春时光。上中学之后，张铁泉开始跟随鄂尔顿巴雅拉教练练习摔跤，体育和武术是他唯一的梦想和希望，而现在这一切都因为贫穷而彻底断送了！

> 虽然贫穷，但依然不能抑制张铁泉追逐梦想的心。梦想是他在艰苦日子里度日的精神支柱，而就连这唯一的希望，也断送了。反衬出他艰难的境况。

　　张铁泉没有掉一滴眼泪，可心里却早已流出了绝望的鲜血。回到家之后，张铁泉像别人一样面朝黄土背朝天，一滴汗珠摔八瓣地在土地里刨食。乡下气候干燥，风沙无情地拍打在人裸露的皮肤上，疼得厉害。别人都抱怨不已，可张铁泉却一声不吭，他默默地种着庄稼，和谁都很少说话，他已经把自己封闭在

> 用内心和外表的对比衬托出他坚忍的性格。

> 张铁泉与一些农民一样，开始了劳动，但他却从不抱怨，用对比的手法烘托出他的坚韧并拥有伟大的理想。

自己的世界里了。

在一个落霞满天的黄昏，当张铁泉从地里走回来的时候，忽然在村口看见了几个熟睡的老人。老人们的生命已经被这样机械枯燥而疲劳的生活榨干了能量，已经不能进行重体力劳动的他们最大的乐趣就是蹲在墙根下晒太阳，然后眯着眼睛倚在墙上睡到自然醒。

这时候夜色已经渐渐升腾了起来，气温也在迅速下降，老人们身上裹着旧衣服，脸上如同丘壑一样的皱纹格外醒目，有一个睡熟的老人不知道自己嘴角的口水和尘土已经混在了一起，在衣服上沾染成一大片。

张铁泉心中说不出是一种什么滋味儿，他将老人们叫醒，然后看着他们步履蹒跚地各自走回家去，忽然鼻子一酸。他从这些老人们的身上几乎就看到了自己的未来，这样的生活虽然冻不着饿不着，也没什么风险还算是不错，但是这样不错的生活就一定适合自己吗？

那一晚张铁泉辗转反复，他知道虽然在家里可以有吃有喝，一辈子也能混过去，但是这绝对不是自己想要的生活！他坐起来，默默地想着心事。出去闯荡，虽然什么都没有，而且外面还充满了不确定的风险，但只有这样，才能有机会去做和武术有关的事情，去做自己最喜爱的事情；留在家里，虽然一日三餐没有问题，但是一辈子都只是在混日子，自己的武术梦也就彻底断送了。

想了很久之后，张铁泉豁出去了，不管怎样也要尝试一次！于是，1999年，不甘心就此终结功夫梦的张铁泉只身去了呼和浩特。在离开家乡的那天，他告诉自己，哪怕是倒在外面的街上，自己也不后悔，因为起码此生已经为实现梦想而努力过了。

后来，张铁泉在呼和浩特一边打工一边拜师学艺，浑身上下练出了无数的伤口。在一个个漆黑的夜

这些老人的出现为下文张铁泉的改变奠定了基础，他们的碌碌无为反而激发了他的斗志。为下文设下埋伏。

老人们的形象是如此的慵懒，令人可怜又鄙夷。比喻修辞的运用，使语言变得生动、鲜活。

张铁泉开始慢慢地改变。照应文题。疑问句的运用，自然地引出下文。

张铁泉心目中梦的种子开始萌芽，他想要改变，改变！并做好了决定：他决定再也不这样荒废时光，要去追寻自己的武术梦！从侧面烘托出他内心的挣扎与最后决心的坚定。

抱着为了梦想拼一拼的信念，他只身面对所有的困难，甘心为梦想付出一切。衬托出他信心的坚定。

晚,他也想过放弃,可每当想起那几个在黄昏里昏睡着打发时光的老人,他就告诉自己那种生活固然不错,但绝不是自己想要的,那种生活不错,但远远不够。

正是凭借着这股坚韧的精神,张铁泉忍过了屈辱,熬过了艰辛,顶住了压力,终于打出了一片天地。

如今,绰号"草原狼"的张铁泉已经是75公斤级世界散打冠军和世界自由搏击冠军,在UFC(终极格斗冠军赛)领域大名鼎鼎,被称为中国UFC第一人。

开满野花的山谷固然美丽,但当你见到浩瀚的大海之后,才会明白原来有些美丽不错,但是还远远不够,因为这世界上还有一种更博大壮美的景色。生活又何尝不是如此?庸庸碌碌聊八卦侃大山打发时光的生活固然衣食无忧算得上不错,但还远远不够!我们需要更广阔的生命空间和更多的希望,来展现我们的才华,来激荡我们的人生!

寻梦的旅途固然艰辛,但是张铁泉选择了坚持。心理描写,使人物性格更丰满。

付出终于有了回报,他的梦想即将实现。与前文相呼应。

这赫赫战功,源自他每一滴汗水的付出。

用恰当的比喻来表现文章的主旨。只有努力追寻,你才有机会寻到更好的景色。

文章结尾铿锵有力,表现了作者的思想内涵:只有努力拼搏,永不知足,才会拥有更加广阔的空间。

理想赋予每个人一双翅膀,让他们能够飞翔。其实有时坚持理想,坚持奋斗,就会赢来另一片天空。知足常乐是说给不勇于攀登,不敢于冒险的人听的,碌碌无为的风帆不能远航,没有流过血的手指弹奏不出世间的绝唱。

有的时候,我们的心灵会被世间的艰辛所蒙蔽,我们的双眼会被现实的安稳所习惯,一帆风顺的生活固然不错,但这远远不够。我们生来是要向着更高的方向发展的,平凡的生活只是在消耗我们的时光。

文章条理清晰,结构严谨,文中张铁泉的经历令我们每一个人敬仰羡慕,但我们当中又有几个人拥有这样的魄力,敢于自己动手去打破面前的平静,不顾一切地去为一个看似不切实际的理想去奋斗呢?

没有理想的人,就没有脊梁骨,就永远不会站起来。让我们为理想奋斗,勇于改变现状,为自己争得更广阔的一片天地吧!

李粒铭 ◎ 评

知识链接

　　UFC (Ultimate Fighting Championship)，中文叫做终极格斗冠军赛，是一个美国本土的综合格斗 (MMA) 组织，现任总裁是白大拿 (Dana White)。早在三四十年前，李小龙就提出过"综合格斗竞技"的武术理论，以无法为有法，以无限为有限，这也正是精华所在。事业性UFC比赛的分值手套和截拳道中使用的分值手套如出一辙。只要看过UFC宣传广告的人，就知道UFC起源于李小龙。李小龙的徒弟乔·刘易斯参与了UFC武台的设计。电影《龙争虎斗》里李小龙用十字固锁住洪金宝的动作，被UFC选手普遍模仿。

写作技法积累

赋比兴

　　赋比兴是中国古代对于诗歌表现方法的归纳。它是根据《诗经》的创作经验总结出来的。最早的记载见于《周礼·春官》。魏晋南北朝时期的挚虞之言"赋者，敷陈之称也；比者，喻类之言也；兴者，有感之辞也。"来解释赋比兴比较恰当，简单地理解：

　　赋——是铺陈的意思，对事物直接陈述，不用比喻。叙述事物，极尽铺垫之能。例如：《诗经》中《周南·芣苢》：采采芣苢，薄言采之。采采芣苢，薄言有之。采采芣苢，薄言掇之。采采芣苢，薄言捋之。采采芣苢，薄言袺之。采采芣苢，薄言之。

　　比——就是比喻，以彼物比此物，打比方，举例子。例如：《诗经》中的《卫风·硕人》：手如柔荑，肤如凝脂。领如蝤蛴，齿如瓠犀。

　　兴——就是联想，触景生情，因物起兴。这种艺术表现手法，是诗歌创作的主要形象化方法，对后世诗歌创作，产生了至深至远的影响。"指桑骂槐"，想说B，但先说A，A和B有一定类比的联系，然后从A引入到B。最明显的例子就是：

　　关关雎鸠，在河之洲；——B。这两只鸟在河中间你追我赶的亲热样子，岂不是正象一对情侣呢？

　　窈窕淑女，君子好逑。——A。连低等动物都如此，何况我们这些高等动物呢。所以男人啊，看见美女就要挺身而出，宁可犯错，不可放过！述，匹配意思。

　　所以B的出现，最终是为了表现A的意思。

文/长 卿

章鱼被天敌吞了之后

海鳗是章鱼的天敌，这种深海杀手常常出其不意地对章鱼进行攻击，然后以极其凶猛的方式将章鱼活吞进肚。

然而，海鳗对章鱼的捕杀也不是每次都能得手。根据章鱼的生活习性，海鳗常常躲在深海的沙子底下，将自己伪装好，悄悄地等待着睡醒了觉出来找午餐享受的章鱼。所以，在深海里就常常上演这样有趣的一幕———一只睡足了觉的章鱼美滋滋儿地晃悠着从洞穴中溜达了出来，正闲庭信步一般四处寻找着可口的食物。突然，一条伪装得非常好的海鳗在章鱼接近之后猛然而起，张开大嘴把章鱼吞了进去。

不过，有些章鱼的体形太大，海鳗把章鱼的头部生吞进嘴里之后，却没法把整个章鱼吃掉，所以只能悻悻地把活吞到嘴里的章鱼再吐出来，气呼呼地扔下猎物，再去寻找更小一点的章鱼。本来睡醒觉出来散步捕食的章鱼刚出门就叫天敌差点给活吞了，心里这叫一个郁闷！死里逃生的章鱼一边用触角抚摸着自己被天敌差点活吞进去的脑袋，一边无精打采地躲回了洞里抚平一下受伤的小心灵。

可是，没心没肺的章鱼回到洞里没多久之后，又像什么也没发生过一样，乐呵呵地再次出来觅食。这一次，章鱼小心翼翼地检查了四周，确定没有问题之

文章开头即交代了海鳗是章鱼的天敌。

介绍了章鱼的生活习性，将海鳗对章鱼进行捕食的场景进行了细致刻画，既写出了章鱼的悠闲生活也写出了海鳗的凶猛。将这一幕生动、形象地描绘了出来。

语言幽默，用生动的语言描写了海鳗对章鱼进行吞食却又不愿吐出的场面，用风趣的语言及人的手法描写"受宠若惊"的章鱼的"郁闷"心情，使章鱼的形象活灵活现地展现在人们眼前。

用幽默的语言勾勒出章鱼快乐无畏的状态。运用拟人的修辞方法，更贴近生活。

后，就开始挥舞着爪子，上下漂游，追着小鱼小虾，忙得不亦乐乎。

不一会儿的工夫，抓到美味猎物的章鱼饱餐一顿之后，乐得屁颠屁颠的，在海水里又像跳华尔兹一样优雅地转动着身体，做饭后的消化运动。而这只无比快乐的章鱼，在不久之前却还因为差点丧命而郁闷不已。

经过科学家们长期的跟踪观察发现，章鱼是海洋里名副其实的强者，它们有着极其强大的生命力。而这种生命力不仅跟它们的身体素质有关，更和它们超人的智慧有关。换做任何一种生物，在差点被天敌活吞了之后，都会被吓得胆战心惊，久久不能恢复，甚至彻底丧失了生存下去的勇气。而章鱼看似没心没肺，受了这么大的刺激之后，在非常短的时间里就能迅速调整情绪，一边更加谨慎地观察周围的环境，一边仍旧快乐地继续生活着。

天大的事儿，笑一笑也就过去了。被天敌差点活吞了，这种生死大事都能轻松放下，那这世上还有什么是放不下的？放下仇怨，放下恐惧，放下郁闷，放下一切不该背负的负面情绪，然后轻松地去继续生活，才能活出滋味，活得精彩，活得让命运钦佩。

（左栏旁批）

语言幽默，对章鱼快乐生活的描写也很细致生动，用对比的手法展现章鱼乐观积极的生活态度。

同样证明使自己要说明的观点更具说服力，且更具真实性、权威性。科学严谨的实例更能体现出乐观积极的生活态度的重要性。

运用排比和反问的修辞，使语言更生动、形象。点明主题，升华主题。由章鱼被吞的现象引发出对生活的思考：背着包袱走路实在是太累太累，只有放下沉重，重新打包快乐才能让人生充满阳光，拥有快乐才能活得精彩。

点评

此文是一篇说明文，讲述了章鱼被天敌吞食又吐出来的故事，将章鱼从开始的"郁闷"转为快乐依旧的心情的变化过程，用幽默生动的语言展现得淋漓尽致，同时也教会我们一个浅显却深刻的道理。无论在什么情况下，人都该保持乐观向上、积极健康的心理态度。困难是上天给你的挑战，它将磨炼你，让你成为强者。坚强让你的人生更充实而有意义，也许荆棘划伤了你的手，可是用鲜血铺成的成功之路，才更美丽；也许大河阻碍了你前行的路，可只有当你筋疲力尽地游到彼岸，才发现天空多么美丽；李白的豪放，苏轼的豁达都是在历经世间坎坷、世态炎凉后依然平淡乐观如故的心。冬天近了，春天还会远吗？所以请你打好行囊，在人生的路上，带着轻松快乐的心勇往直前！

邢妍雪 ◎ 评

=== 知识链接 ===

　　章鱼，又称石居、八爪鱼、坐蛸、石吸、望潮、死牛，属于软体动物门头足纲八腕目（Octopoda）。章鱼有8个腕足，腕足上有许多吸盘；有时会喷出黑色的墨汁，帮助逃跑。有些章鱼有相当发达的大脑，可以分辨镜中的自己；也可以走出科学家设计的迷宫，吃到迷宫中的螃蟹。

写作技法积累

白描、白描手法的特点与运用注意事项

　　白描泛指文学创作上的一种表现手法，即使用简练的笔墨，不加烘托，刻画出鲜明生动的形象。

　　白描手法的三个特点：

　　1. 不写背景，只突出主体。通过抓住人物特征的肖像描写或人物简短对话，将人物的性格突现出来。

　　2. 不求细致，只求传神。由于白描勾勒没有其他修饰性描写的烦扰，故作者能将精力集中于描写人物的特征，往往用几句话，几个动作，就能画龙点睛地揭示人物的精神世界，收到以少胜多，以"形"传"神"、形神兼备的艺术效果。

　　3. 不尚华丽，务求朴实。优秀的文艺作品之所以感人，就在于作者抒发的是真实感情；感情愈真淳，愈能震撼读者的心灵。

文/张洪静

千丝血万
滴汗 浇开阆苑仙葩

开篇并没有直接交待所要描写对象的真实身份，而是以神秘人起笔，留下了无尽的悬念，也引起了读者的阅读兴趣。

运用比喻的修辞，将保安的动作描绘得生动、形象。

着重描写蒋梦婕为演好黛玉的角色所付出的辛苦，以炎热的天气衬托出蒋梦婕的努力，即使每次都快要虚脱，但她始终没有放弃。

清晨，薄雾缓缓褪去，酒店门外，静谧一片。

忽然，正在值班的保安忽然发现一个穿着怪异的身影从酒店的大门里钻了出来。保安心里一紧，连忙快步追了上去，悄悄跟随着对方。

这是一个瘦小的身影，浑身上下被裹得严严实实，只露出来眼睛和鼻孔。要知道，这时候正是烈日炎炎的夏天，早晨的温度也非常高，穿着短袖都让人感到闷热，何况是裹着这么厚厚一层衣服！保安的心情越来越紧张，从酒店里突然跑出来这么一个怪异的客人，他不得不在心里做了最坏的打算。

为了安全起见，年轻的保安像一阵风一样追上了这个衣着怪异的人，让对方表明身份。当对方露出了庐山真面目之后，小保安被吓了一大跳！只见一张俏丽的脸庞映入了眼帘，这个裹着厚厚衣服的女孩儿正在冲着自己微笑。直到这时候，小保安才弄明白这个神秘人原来就是住在自己酒店里的剧组演员，可他想不明白这个女孩儿为什么有这么奇怪的举动。

"我这是在减肥呢！为了能演好角色！"女孩儿笑着说完之后，转身继续跑步，留下一脸茫然的小保安站在原地发愣。从这一天开始，酒店上下和剧组都知道了这个叫蒋梦婕的女孩儿为了演好新版《红楼梦》里的角色，每天都用最残酷的办法进行减肥。

那时候正值北京的"桑拿天"，北京人都知道这种天气多么折磨人，闷热的天气将你身体里的水分从每一个毛孔中逼出来，用不了多长时间，浑身上下就像是从水里捞出来一样。可是为了能够演出林黛玉那种娇柔瘦弱，蒋梦婕简直把命都拼上了。她把全身裹满保鲜膜，身上套着厚厚羽绒服，头戴帽子，下穿减肥裤，脚踏运动鞋，只将眼睛和鼻孔留在外面……

蒋梦婕就穿着这么一身看着就能让人中暑的衣服天天坚持跑步。一个女孩子娇嫩的身体上裹着这么厚厚一层的衣服，远远看去就像小坦克一样。闷热的天气让蒋梦婕的体温不断上升，如同置身在火炉之中。不知道有多少次，蒋梦婕清楚地感觉到鞋里像是灌满了水的船舱，又重又潮，额头的汗水模糊了视线，甚至连呼吸都已经变得越来越困难了。

每次跑步回来，几乎虚脱的蒋梦婕都恨不得爬着回到自己的房间。就这样还不算，为了能够演出林黛玉极其瘦弱的身形，蒋梦婕进入剧组之后，每天除了必要的营养之外，仅仅只吃一顿饭，这让同在剧组里的归亚蕾看得都心疼不已。

大家没想到在这个浮躁的时代里，一个年轻美丽的小女孩儿会为了演好一个角色这么努力，大家都被她感动了。有一次，蒋梦婕拍完戏刚要离开，忽然脚下一个趔趄，大伙儿连忙跑过去扶住她。她笑着推开大家："我只是饿了。"话音刚落，有人连忙送来了面包，可她却摇了摇头，所有人都知道她为了能演出林黛玉的神韵，宁可饿晕了也不会再吃了。大家看着她急速瘦下来的身影，鼻子不由自主地酸了起来，导演干脆转过头去，悄悄擦了擦红红的眼角。

当新版《红楼梦》播出之后，这个全新的林黛玉形象一下子就吸引了观众们的眼球，一时间成为了大街小巷热议的话题。而蒋梦婕也因为这个角色成为

渲染出北京的天气之热。

细致的外貌描写，烘托出蒋梦婕减肥的决心。

运用比喻的修辞方法，使语言变得更生动、形象。

为下文作铺垫，使之更加顺理成章。

了家喻户晓的明星。

　　然而，人们只是惊叹蒋梦婕居然有这么好的机会可以出演这样一个经典的角色，大家都在感叹她的运气实在是太好了，可是却很少有人知道蒋梦婕完全是靠辛勤的付出和敬业的精神才将这个经典角色做出了全新的诠释。既是角色造就了她，也是她的努力造就了角色。

　　"一个是阆苑仙葩，一个是美玉无瑕。若说没有奇缘，今生偏又遇见他；若说有奇缘，如何心事终虚化。"人们只见到了这朵阆苑仙葩灿然绽放，却没看到蒋梦婕为了这个角色洒下了多少汗水，耗费了多少心血。

　　这千丝血万滴汗，才浇开了阆苑仙葩。

蒋梦婕如今所获得的一切完全是靠辛勤付出和敬业的精神得来的，结尾紧扣文题，与《红楼梦》紧密相连，显得诗意而又富有内涵，同时又升华了主题。

点评

　　想不出该是怎样的一双眼眸，才能演绎出黛玉的惆怅忧伤；想不出该是怎样的一份努力，才足以诠释那阆苑仙葩。她为竭尽全力演好黛玉的娇柔瘦弱，她为博得所有人对她的肯定，她告诉自己坚持才有胜利。在阳光不留情面地照射着大地时，用最残酷的方法努力着，她知道自己的目标，知道在得到所有人认可时，这一切的付出都不是没有用处的。一个是阆苑仙葩，一个是美玉无瑕。若说没有奇缘，今生偏又遇见他；若说有奇缘，如何心事终虚化。人们一定会永远记住，烈日下永不凋零的那朵阆苑仙葩。

江伊迪 ◎ 评

知识链接

　　《红楼梦》，中国古代四大名著之一，章回体长篇小说，成书于1784年（清乾隆四十九年），梦觉主人序本正式题为《红楼梦》。其原名有《石头记》《情僧录》《风月宝鉴》《金陵十二钗》等。前80回曹雪芹著，后40回无名氏续，程伟元、高鹗整理。本书是一部具有高度思想性和高度艺术性的伟大作品，作者具有初步的民主主义思想，他对现实社会、宫廷、官场的黑暗，封建贵族阶级及其家族的腐朽，对封建的科举、婚姻、奴婢、等级制度及社会统治思想等都进行了深刻的批判，并且提出了朦胧的带有初步民主主义性质的理想和主张。

文/唐 仔

留一个车身给自己

去机场接一位朋友，他刚从国外回来。

看着我刚买不久的小车，朋友拍拍我的肩膀，混得不错嘛。我笑笑，哪里，在我们单位，半数以上的人都买了自己的车，早不稀罕了。朋友出去好几年了，看来对国内的情况不太了解。

机场高速上各种车辆川流不息，朋友惊叹不已，这情形，和发达国家也没啥区别。

下了高速，路上的车更多了，常常拥堵，只能走走停停。朋友问我，经常这样吗？我点点头，今天是星期天，还好一点，赶上工作日上下班高峰，开车比走路快不了多少。朋友一脸不可思议的样子。

前面又是一个红灯，我轻轻刹车，让车速慢下来，跟着前车滑行，直到紧贴着前车的屁股，我才一脚将车刹死。

朋友瞪大眼睛看着我，你跟得太近了，太危险了！

我乐了，有什么危险？

朋友指指后面，如果后面的车追尾撞上你，你与前车靠得这么近，不是也要撞上去了？

想想，也对，还真不太安全。不过，这么倒霉的事情，我还没碰上过。

朋友看了看车外，不解地问我，等红灯时，为什么

开篇引出堵车的情况，为下文埋下伏笔。

反问句的运用，强调了语气，引出下文。

自私的念头已深入人心，人们已将自私当成理所应当。而这种理所应当就是堵车问题的根本原因。

点明主题，留一个车身给别人，同时也是给自己，这样既方便了他人也方便了自己，何乐而不为呢？

承上启下，顺利过渡。凡事都要留有余地，留个地方既是行他人方便也是有利于自己。只有这样才让我们不至于无路可退。

有时一个的念头，不但没有为我们带来太多的利益，反而堵住了别人的路。这种损人不利己的事，是不应该发生的。

对于别人的好意，完全不领情，为了一己私利挡住了他人的路。这是缺失中华民族精神的表现，值得反省，从侧面烘托出人们内心道德的缺失。

大家都跟得这么近啊？

这倒真没想过。也许靠得近点，离路口就近点，这样，等绿灯亮时，就能快点通行吧。

朋友的头摇得像拨浪鼓，跟得这么近，只会减慢通行的速度。正在这时，绿灯亮了。我前面有十几辆车，一辆一辆缓慢地启动，向前移动。我挂上挡，耐心地等着前面那辆车起步，挪动，我才轻踩油门，跟在它后面，向前缓缓驶去。眼见着绿灯就要结束了，却无法加速。等我到达路口时，红灯亮了。我沮丧地看看朋友，他的话似乎是对的。

他说，自己刚到国外时，就发现了一个奇怪的现象，他们的汽车在等红灯时，后车与前车，都会自觉地保持整整一个车身的距离。后来我才明白，因为与前车留有足够的距离，当绿灯亮时，后面的车也能够快速反应，起步，挂挡，加速，一气呵成地通过路口。这样，每次绿灯，就可以最大化地通过车辆。

"不信，下一个路口，你试试与前车保持一个车身的距离，看看速度是不是可以快点"朋友说。

很快就到了下一个路口。我的前面只有一辆车，在距它一个车身左右，我将车停下。后面的车见状拼命按着喇叭，朋友不知何故，我明白，后面的车是嫌我空得太多，催我再往前开。

绿灯亮了。在前面的车起步的同时，我也启动，换挡，加速。果真如朋友所说，因为留有一个车身的距离，我完全可以和前车同步启动，加速。

我恍然明白了，这个车身的距离，其实是留给自己的，它可以使你提前准备，与前车同时起步，同时加速，快速通过。很多时候，我们习惯于争先恐后地往前挤，挤成了一团乱麻，既堵住了别人的路，也使自己失去了快速启动的空间。

又到了一个路口，与前面一样，我在离前车一个车身的地方，就停了下来。后面的司机见状又在鸣笛了，见我没有动静，另一辆车，从边道开了过来，方向一打，插了进来，将我严严实实地堵住了。朋友目瞪口呆。

我哑然失笑，对朋友说，插队还是我们一贯的作风。要挤一起挤，要慢同时慢，要堵一块堵，你怎么能留下一个车身的空间呢？

道路上，各种车辆蜗牛一样爬行着，挤在一起，汇成蜗牛的海洋。

结尾运用比喻引人深思，发人深省。

　　凡事都要给自己留有余地，不要把事情做得过头。只有这样在突发状况来临时，我们才不至于措手不及，才有后路可退。只有这样我们不至于处于被动的地位，不使自己处于孤立无援的地步。给自己留有余地，就是给自己多留了一条出路，虽然近两年私家车越来越多，可道路也越来越宽敞啊！那为什么还会出现堵车的现象呢？许多自认为高手的车主，比拼车技，见缝就进，不能给其他人、给自己留一点缝隙。于是一时间满眼飘红，满耳喇叭声的场景就出现了。如果道德还是停留在最低点的话，那经济发展还有什么用呢？

范天擎 ◎ 评

=== **知识链接** ===

　　世界上最早的"高速路"

　　在秦修筑的9条主要"国道"中，出今淳化通九原(今内蒙古包头)、全长900公里的秦直道被誉为古代的"高速路"——为快速集结调动军队和运输粮食等物资用的车马超级专用道路，是可与长城相媲美的边防军事设施。

文／朱子涵

好猫与烂虎

有一个男孩，多年来一直是班里的差等生。他非常希望能向那些成绩好的同学看齐，也一度非常刻苦，但成绩就是上不去。从小学到中学，因为成绩实在太糟糕，他被不同的学校像皮球一样踢来踢去。经过父母的多次恳求，一家很差的学校才勉强同意招收他。

他的自尊心受到极大的打击，终于有一天，他问父亲："我是不是很笨？"父亲说："当然不是。""那为什么无论我如何努力也赶不上其他同学？"父亲无语，只是慈爱地摸摸他的头。父亲心里清楚，儿子一点也不笨，只是天生对文字类的东西很迟钝，导致患有学习障碍。但又如何跟儿子解释呢？

男孩开始变得越来越自闭，平常总是爱呆在自己的小屋内，不与外界发生联系。有一天，父亲发现他的床头铺满一张张图画，很是好奇，翻开看看，顿时哭笑不得。原来，儿子把在学校所受的委屈和打击全都发泄在画纸上，画里有他的老师被西瓜皮滑倒，同学被马蜂狂追……看着看着，父亲突然眼前一亮，然后把散乱在床头的画一张张叠好，用夹子夹整齐。

男孩的成绩依然很差，父母经常被老师叫去训斥。但是，父亲从来没有训斥过儿子，任由他躲在自己的世界里自由自在地画画，由于担心儿子孤独，还特

（左侧旁批）

运用比喻的修辞，形象生动地写出他的成绩极差，以至于没有学校愿意招收他的辛酸与无奈。

细节描写流露出父亲对儿子的关爱。

这是他美术创作的原动力。

与前文相呼应。

地买了一只宠物猫送给他。时间长了，男孩反而觉得奇怪，问父亲："是不是你也对我彻底丧失了信心，决定不管不问？"父亲沉默良久，说："周末我带你到动物园玩玩吧。"

为下文作铺垫，推动情节发展。

那天，动物园里游人如织，很多人都围在一只威猛的老虎面前欣赏。父亲也带着儿子走了过去。这期间，父亲回答了儿子的问题。

回来后，男孩心情大好，从此专心致志地把漫画当做一生的追求。25岁那年，他成为漫画界炙手可热的人物，《双响炮》《涩女郎》等作品红遍东南亚。他就是朱德庸。

只要他坚持着自己内心的梦想，努力前行总会成功。

多年后，他到大学演讲，提到了小时候在动物园父亲讲的那段话："人和动物一样，都有各自不同的天赋。老虎强壮、善于奔跑，猫则温顺、灵敏，猫虽然不能像老虎那样威风和霸气，但也具备老虎不具备的天赋与本能，它能上树、能抓老鼠。人们都希望成为老虎，而这其中很多只具备猫的秉性，久而久之，变成了一批烂老虎。儿子，你天生对文字迟钝，但对图形却非常敏感，为什么放着优秀的猫不当，而偏要当很烂的老虎呢？我不希望你成为一只烂老虎，我相信你一定能成为一只好猫！"

总结全文，画龙点睛，升华主题，点明中心。

如果生活为你关闭一扇门，必定会为你留下一扇窗。条条大路通罗马。每个人的优缺点都是相辅相成的，不要总是看到自己的缺点，更要发现自己的长处，并加以运用。

点评

人类的艺术就在于没有一个人拥有与生俱来的十全十美，人人都是被上帝咬了一口的苹果，其中残缺美是一种浩渺美，一种弥补美，一种在心灵重塑的艺术，因为每个人的与众不同都是典型的代表，每个人都是自己的英雄。没有比脚更长的路，山路的尽头仍是路，只要你愿意走。凡心所向，素履所往，一苇以航，人生如路，须在悲凉中踏出繁华的风景来。有朝一日我会成长为一棵大树，枝繁叶茂，根底千尺，岁月留下年轮，我细数着曾经战胜过的那些苦难，如数家珍。

齐博识 ◎ 评

━━━ **知识链接** ━━━

　　猫已经被人类驯化了3500年 (但未像狗一样完全地被驯化)，现在，猫成为了全世界家庭中极为广泛的宠物。研究表明，猫不吃老鼠，夜视能力就会有所下降，会长期丧失夜间活动的能力。德国海德堡大学有一份研究称，老鼠体内有一种牛黄酸的物质，可以增强生物的夜视能力，而猫体内不能自己合成该物质，只能通过吃老鼠进行补充。

　　虎，又称老虎，是当今体型最大的猫科动物，也是亚洲陆地上最强的食肉动物之一。最大的虎种体重可以达到350公斤以上。老虎对环境要求很高，各老虎亚种均在所属食物链中处于最顶端，在自然界中没有天敌。虎的适应能力也很强，在亚洲分布很广，从北方寒冷的西伯利亚地区，到南亚的热带丛林，及高山峡谷等地，都能见到其优雅威武的身影。

写作技法积累

借代及其特点

　　(1) 借代是借用与所指事物有密切关系的另一事物来代替所指事物。

　　(2) 借代的特点：本体、借体。

　　(3) 借代的作用：部分代整体，特征代本体，具体代抽象，工具代本体，专名代泛指。

　　借代像借喻，本体统统省，具有相关性，特征要典型，生动又形象，爱憎自分明。

文/妙 门

不一样的人生

　　有一个老人和年轻人在海边钓鱼，老人见年轻人动作比较笨拙，问："刚学的钓鱼吧？"年轻人点头。他又说："我从小就在这钓鱼，几十年了，靠此养活了自己。"年轻人说："我向你学钓鱼吧，因为我要钓很多很多的鱼，然后卖了赚钱；赚钱后买一条渔船，然后赚更多的钱买更多渔船，然后成立公司，再争取让公司上市。"老人又问："那么公司上市后你干什么呢？"年轻人答："那时也许我已经老了，我就可以到这钓鱼了。"老人不解，说："你现在就能够这样做呀，同我一样。"年轻人说："不一样，因为您的一生只是个点，而我的一生将是个圆。"

　　有两个高中生，理想的目标都是考上清华大学。高考揭晓后，他们的分数都够了重点线，但都没有被清华大学录取。甲斩钉截铁地说："我要复读，考上清华是我最大的梦想，否则我将遗憾终身。"乙说："我会选择一所不错的理工大学，没能上清华让我失去了最好的平台，但我会用加倍的努力来弥补。"后来，甲复读三年，终于如愿以偿。大学毕业后，怀抱着清华这个金字招牌，很容易地获得了一个白领职位，从此安然度日。多年后，甲与乙不期而遇，寒暄后，才知乙已成为了一家公司的老板。乙顺便向甲咨询到清华读MBA的事，甲惊叹道："原来你的清华梦也这么

　　开篇围绕一个故事引出主题，妙趣横生，引人入胜。人生的价值在于实现目标。我们都具备相同的条件，皆因彼此的眼光与目标不同，最终的情况却大相径庭。

　　设下悬念，引起读者阅读兴趣，为下文埋伏笔。

　　对话描写，将不同的选择成就不一样的人生展现出来，与前文相呼应。

执著。"乙笑答:"也不是,你把考取清华当做目标,而我把它当做实现目标的一个机会、一个步骤。"见甲瞠目,乙又说:"你的终点,对我来说是真正的起点。"

有一个经济学家,社会发生经济危机后也站到了领取失业救济金的队伍里。周围的人嘲笑他:"你整天研究经济,结果还不是和我们一样。"经济学家笑笑说:"学经济不能保证我不失业,但是有一点我与你们不同,那就是我知道我们为什么会失业。"

相同的话语,却表达了不同的意义,耐人寻味。

有一个80岁的哲学家,回首往事不由得感叹:"生活真艰难呀!"他8岁的小孙子听了,也煞有介事地回应说:"生活真艰难呀!"哲学家抚摸小家伙的头,说:"孩子,我们说的不一样。"

活着并好好的活着,不仅是对生命的热爱,也是对人生的负责与尊重,也是无悔的行动。结尾点题,并升华主题,发人深省。

对于每个人来说,从生到死的距离叫一生,人生的区别,就在于如何走过这段距离。如果人生只是停在原地不动,如果人生不是由无数个起点和终点转换组成,如果人生没有获得不同的感受,如果人生没有弄清更多的为什么,这样的人生才是短暂而了无生趣的。

个体存在的差异使得我们无法率强地去定义哪一种生活方式是优的,哪种生活方式是劣的,我们只能说,这样的存在是更富有意义的。

人的一生就好像是一张白纸,纸的大小均一,象征着每个人要渡过的时光相近,生活中的丝毫点滴会落入纸中,或成点或成画,也可能只是无章无序的乱码。人的一生要充实,多彩的生活是造物主赐予人智慧而带来的最有意义的东西。人的一生是源起于平静—不带悲喜地来—归寂于平静—不作声响地走。而这轮回之间的内容注定要绚烂地绽放。默不作声地活,就如同化身为一片枯叶,无生无息地腐败。

于洪懿 ◎ 评

━━━ 知识链接 ━━━

　　高考，高等学校招生全国统一考试的简称。分为：普通高考、成人高考。高考是考生选择大学和取得进入大学资格的平台之一，是国家教育考试之一。高考并非中国公民取得文凭学历的唯一途径，还有高等教育自学考试、网络学历教育，成人高考等方式，所取得学历都为国家教育部承认，是个人自学、社会助学和国家考试相结合的高等教育形式，都是我国社会主义高等教育体系的重要组成部分。其任务是通过国家考试促进广泛的个人自学和社会助学活动，造就和选拔德才兼备的专门人才，提高全民族的思想道德、科学文化素质。

━━━ 写作技法积累 ━━━

修辞手法及其种类

　　修辞手法，就是通过修饰、调整语句，运用特定的表达形式以提高语言表达作用的方式或方法。

　　修辞手法的种类很多，内容博杂。主要修辞手法（辞格）共有八种：比喻、比拟、借代、夸张、对偶、排比、设问和反问。

　　诗歌中的修辞手法有比喻、比拟、借代、夸张、对偶、设问、反问、顶真、起兴等。

甘甜的不只是井水

　　道理就这么简单：一样清澈、甘甜的井水，慷慨地馈赠，得到的是真诚的感激和酬谢，而一味地贪图回报，收到的则是无端的怀疑和必然的冷落。如那句俗语所言"送人玫瑰，手有余香"，多给他人一些滋润，自己也必将得到滋润。

文／崔修建

甘甜的不只是井水

在通往某旅游区的路旁，住着一位心地善良的老人。老人有一口井，据说打到了泉眼上，不仅水量充裕，而且特别地清澈、甘甜，来往的过路人喝一口他的井水，总忍不住要喝第二口。

在旅游的旺季，那些来自远方城市的大小车辆，总会在老人的小屋前停下来。那些游客中偶有一人喝了老人的井水，总会惊讶地、大声地呼唤同伴快来品尝。

于是，众人就涌到老人的井旁，痛快地喝着井水，不住地赞叹，说那井水比他们随身携带的高级饮料还好喝，有的游客干脆倒了饮料，灌上井水；有觉得不过瘾的，就干脆装上满满的一壶，带到路上继续喝。

老人看着那些城里人畅快地饮着井水，听着不绝于耳的赞美，心里美滋滋的，嘴里不断地念着："好喝，就多喝点儿，这井水喝不坏肚子的，还治病呢。"

看老人如此热情，又听说井水还能治病，游客们喝得更来劲儿了。有不少人临走时，还没忘了用大壶小桶装得满满的，说带回去给家里人尝尝。

游客中有人就嬉笑说："老人家，喝你的井水，你应该收费啊。"

老人就摇头："喝点儿水，还收什么费呢？愿意

开篇交待了老人住在旅游区旁这一重要地点，写出了井水充裕、清澈、甘甜的特点，这些对下文的发展起决定性的作用。

侧面描写，用游人们的反应烘托出井水的好喝。

对人的动作、语言的描写，借游人之口赞美井水。

侧面描写，更突出了下文老人品格的美好。

喝，你们就管够喝。"

看到老人如此慷慨，很多游客就把身上带的好吃的、好喝的，争着、抢着往老人手里塞，说让老人品尝品尝他可能没吃过的城里带来的东西。

老人一再推让不得，就像欠了游客许多似的，忙着跑到园子里，摘些新鲜的瓜果塞到大家兜里，看着他们高高兴兴地吃着、喝着，他也兴奋得跟过年似的。

就这样，不知不觉过了好几年，老人和他的那口井不知接待了多少游客。

有一年，老人病了，被他的儿子接到县城里了，他的一个侄子来替他看屋。

游客又来喝井水了，他的侄子见此情景，觉得发财的机会到了，就灌了许多瓶井水，摆放在路口，标价出售。

奇怪的是，竟没人问津。

老人的侄子就埋怨：这些城里人真抠，光想不花钱喝水。游客们则议论纷纷：井水都拿来卖钱了，这人挣钱也真是挣绝了，再说他那瓶子干净吗？水里放别的东西了没有……

于是，老人的小屋前，再没了往年热闹的场面，人们下车也只是方便方便，没人去讨水喝，更没有人给老人的侄子送东西了。似乎人们忘了或根本不知道眼前还有一口清泉，那清澈、甘甜的井水，足以让人陶醉。

老人病好归来后，又开始免费供应井水，游客前来喝水的又渐渐多了起来，游客们纷纷给老人带来很多物品，有的还很贵重，老人推都推不掉，还有不少人真诚地邀请老人去城里做客……

道理就这么简单：一样清澈、甘甜的井水，慷慨地馈赠，得到的是真诚的感激和酬谢，而一味地贪图回报，则收到的是无端的怀疑和必然的冷落。如那句俗语所言"送人玫瑰，手有余香"，多给他人一些滋

此段中是游人主动提出收费，与下文老人侄子井水收费遭骂作对比，突显出老人淡泊的欲望，率真的性格。

"争着抢着"表现游客的热情，而这正是老人慷慨换来的。与前文相呼应。

老人非常单纯，仅是看见别人高兴他也高兴，这不是所有人都能达到的境界。

与老人的做法形成鲜明对比，侄子先想到的是个人的私利，目光短浅，而且世俗。

侄子的埋怨换来的是人们的议论纷纷，"这钱是挣绝了"，而且不单无人知晓这水的甘甜，还怀疑水的质量了。与前面对比鲜明。

侄子本想赚上一笔，结果适得其反。
人们不但不买水，就连这儿有这么好的清泉都不知道。

真心帮助，真心分享，才有真诚的感激。

润,自己也必将得到滋润。

点明文题,写出文章主旨,深化主题。

　　本文记叙了一个简单而富有哲理的故事,同样清澈、甘甜的井水,老人对游人慷慨地馈赠,得到的是真诚的感激和酬谢,而侄子一味地贪图回报,收到的则是无端的怀疑和必然的冷漠。意在告诫人们:给予是一种快乐即"送人玫瑰,手有余香"。不能总算记着回报,这定会适得其反,正是"有心栽花花不开,无心插柳柳成荫"。

　　活着,我们不要祈求太多。世界对每一个人来说,都是公平的,生命在于奋斗,天下没有白吃的宴席,天上不会掉馅饼,地上不会长钞票,同样井中打不上金子来。只有实实在在地做事,实实在在地做人,实实在在地对待任何人,才能有实实在在的收获!

　　立足于这个多变的社会中,一切都在变,但至少有不变、真诚的人,一定会收获真诚的友谊,真诚的感谢,真诚的帮助,真诚的一切!

赵九如 ◎ 评

知识链接

　　井内之水,多喝能消热解毒,利于小便赤热,过涩不畅,除此之外,如果没有什么不适,多喝也会对身体有好处。但常年饮用,易患肾结石,农村得肾结石的就比较多。

文/朱　晖

奥巴马赌球

〜〜〜〜〜〜〜〜〜〜〜〜〜〜

文章开头用疑问句的方式，设置悬念，引起读者兴趣。

揭开悬念。

详细描写了奥巴马的做法，体现出他的智慧。

侧面描写，烘托出哈珀的智慧。

　　云岭啤酒是美国最古老的啤酒企业，在美国家喻户晓，在国际上却不够出名。该啤酒一直深得总统奥巴马的喜爱，他有心把云岭啤酒推向国际市场，但身为总统，又不便公开为其做广告，这该如何是好呢？

　　聪明的奥巴马在等待一个时机。2010年温哥华冬奥会开幕，美国和加拿大的冰球队一路过关斩将，杀入决赛。这时，奥巴马给加拿大总理哈珀打电话，说："我敢打赌，最终夺得金牌的一定是美国队。"哈珀不甘示弱，笑答："总统先生，冰球一直是加拿大的优势项目，美国队恐怕凶多吉少。"奥巴马顺势说："不如我们打个赌吧，如果美国队赢了，你就送我一箱我最爱喝的美国云岭啤酒。"哈珀心领神会，原来奥巴马想利用冬奥会的时机为本国的名牌产品做广告呀，这招真绝，不仅不露痕迹，还能引起一段国际佳话，何乐而不为？哈珀将计就计，"好呀，如果加拿大赢了，你也送我一箱我最爱喝的加拿大莫尔森啤酒。"

　　政治家打赌，这立刻引起了各类媒体的热议。奥巴马与哈珀都偷着乐了，不管谁输，其实都是双赢呀。没多久，比赛尘埃落定，加拿大队夺冠，按打赌约定，奥巴马要送哈珀一箱莫尔森啤酒。奥巴马寻思，这样一来，似乎人们对莫尔森啤酒的关注度要超过云岭啤酒，他灵机一动，吩咐驻加大使："送两箱啤酒到哈珀的官邸，一箱是摩森，一箱是云岭啤酒，就说后一箱是我附送的。"关于奥巴马愿赌服输的新闻，再一次引起媒体的热议，被奥巴马附送的云岭啤酒销售一路飘红。

转眼2010年南非世界杯开始了，全世界亿万人的目光被足球牵引着。6月12日，奥巴马与英国首相卡梅伦通电话，彼此探讨了许多严肃的政治话题。末了，奥巴马问卡梅伦："今晚美国足球队与英国足球队将展开对决，您预测谁将获胜？"卡梅伦毫不犹豫地说，"当然是英国，我们的实力明显胜出一筹。""不，从历史纪录来看，美国胜算较高，"奥巴马故技重施："我愿意拿美国最好的啤酒押美国队胜出。"卡梅伦哈哈大笑，"同意，我们就以本国最好的啤酒打赌。"6月12日晚，英美两队大战90分钟，结果竟然1比1握手言和。奥巴马当然不会让本次打赌流产，他这样圆场："比赛未分胜负，但我和卡梅伦都输了，我们应该各付对方本国最好的啤酒。"

在全世界都把目光聚焦到南非的时候，奥巴马再次利用"打赌"这一诙谐的方式，轻松地将本国的品牌产品植入南非赛场。他的这一方式，不仅巧妙，而且有效，更能体现出他富有情趣的个人魅力，真的令人拍案叫绝。什么是创意，什么是智慧，从奥巴马打赌中，我们应该有所启发。

"转眼……牵引着"一句承上启下，起过渡作用。

用疑问句引出下文，顺理成章，构思巧妙。

"奥巴马故技重施"目的在此达到。

语言描写，再次展现奥巴马的智慧，令人钦佩。

结尾点明中心，升华主题，引人深思。

奥巴马由于自己身份的原因，不能直接对云岭啤酒表示支持，于是他便换了其他方法以达到自己的目的。就像在二战期间，英军飞行部队降落伞的合格率最高只是99.9%，对此的解释是，想要使合格率达到100%是不可能实现的。但这就意味着在一千个英军飞行员中至少要有一个飞行员丧生，而培养一名飞行员所需花费的高额资金，使英军不能接受这样无意义的损耗。在每次商榷无果的情况下，一位军官想出了一个令人拍案叫绝的方法，从一批降落伞中挑出一个让厂商试验，在这个方案实行之后奇迹般地使降落伞的不合格率为零！由此可见，在我们想问题，做事情的时候，千万不要一条路走到黑，不撞南墙不回头。有的时候换一种方法，你会惊讶地发现事情原来如此简单。

齐冠宇 ◎ 评

══ 知识链接 ══

贝拉克·侯赛因·奥巴马二世，美国第44任总统，出生于美国夏威夷州火奴鲁鲁，祖籍肯尼亚（The Republic of Kenya）。奥巴马是首位拥有黑人血统，并且童年在亚洲成长的美国总统，在不同地方与不同文化背景的人共同生活过。2010年5月27日美国白宫发布了"国家安全战略报告"。奥巴马在该报告中将军事作为外交努力无效的最后手段。新国家安全战略认为世界充满了多种威胁，放弃了布什政府"反恐战争"的说法。

文／穆 梅

你为自己贴了什么标签

　　到公司工作快三年了，比我后来的同事陆续得到升职的机会，我却原地不动，心理颇不是滋味。终于有一天，实在按捺不住不满的情绪，我冒着被解聘的危险，找到经理理论。

　　"经理，我有过迟到早退或乱章违纪的现象吗？"我问。

　　经理干脆地回答："没有"。

　　"那是公司对我有偏见吗？"经理先是一怔，继而说："当然没有"。

　　"那为什么比我资历浅的人都可以得到重用，而我却一直呆在微不足道的岗位上？"

　　经理一时语塞，然后笑笑说，你的事咱们等会再说，我手头上有个急事，要不你先帮我处理一下。

　　一家客户准备到公司来考察产品状况，经理叫我联系一下他们，问问何时过来。"这真是个重要的任务。"临出门前，我不忘调侃一句。

　　一刻钟后，我回到经理室。

　　"联系到了吗？"经理问。

　　"联系到了，他们说可能下周过来。"

　　"具体是下周几？" 经理又问。

　　"这个，我没细问。"

　　"他们一行多少人？"

为下文埋下伏笔，引起读者阅读兴趣。

呼应上文，"我"后来的同事陆续得到了升职的机会，"我"却原地不动。

呼应下文，这句语言生动形象地写出了"我"对这类小工作的轻视，表达了作者的不满与骄纵，使人物形象十分鲜活生动。

作者采用一句一段、一问一答的方式生动地写出了"我"眼光的短浅，做事不重细节。三个设问，就准确地写出"我"做这件事的失败，与后问朱政的工作报告成鲜明对比。为下文作铺垫。

“啊，您没叫我问这个呀！”

“那他们是坐火车还是坐飞机？”

“这个您也没叫我问呀。”

经理不再说什么，他打电话叫朱政过来。朱政比我晚到公司一年，现在已是一个部门的负责人，他接到了与我刚才相同的任务。

呼应上文，比“我”后来的同事陆续得到了升职机会，“我”却原地不动。引出下文。

我继续絮絮叨叨地问经理升职的问题，经理环顾左右而言他，我猜想他是理亏不愿正面回答。一会儿工夫，朱政回来了。

“联系到了吗？”经理问。

“哦，是这样的，”朱政答道，“他们下周五下午三点的飞机，大约晚上六点钟到，他们一行五个人，由采购部王经理带队，我跟他们说了，我公司会派人到机场迎接。另外，他们计划考察两天时间，具体行程到了以后双方再商榷。为了方便工作，我建议把他们安置在附近的国际酒店，如果您同意，房间我明天就提前预定。还有，下周天气预报有雨，我会随时和他们保持联系，一旦情况有变，我将随时向您汇报。”

朱政的回答一气呵成，与上文“我”的回答成鲜明的对比，突出朱政的考虑周全、思维慎密、重视细节，反衬出我的好高骛远却不脚踏实地。反衬出“我”的不足与缺点，及做事不认真导致没有升职。

朱政出去后，我愣在原地。经理拍了我一下，说：“现在我们来谈谈你提的问题。”

“不用了，我已经知道原因了，打搅您了。”推门出去的一刹那，我感到浑身火辣辣，我分明感到自己的身后正贴着一张标签，上面写着“小事都做不好”，而经理正对着它暗笑。

呼应文题，“你为自己贴上了什么标签”起扣题的作用。

我突然明白，没有谁生来就担当大任，都是从简单、平凡的小事做起。或许你自己没有觉察，但你的每个细微举动，无形中都在别人的心里贴上了不同的标签，有浮躁、马虎、粗心、虚伪，也有踏实、诚恳、虚心、周到。今天你为自己贴了什么样的标签，或许就决定了明天你是否会被委以重任。

结尾一段议论性的话总结全文，点明中心，深化主旨，结尾点题，画龙点睛。

千里之行，始于足下，千里之堤溃于蚁穴。细节决定成败，在仰望星空的同时，不要忘了脚踏实地，每个人都渴望成功，但不要好高骛远，欲速则不达。要掌握生命的时速，但不要忘记我们为什么而出发。艾尔波特马德说："一个人如果不仅能够出色地完成自己的工作，而且还能够借助于极大的热情、耐心和毅力将自己融入到工作中，令自己的工作变得独具特色、独一无二、与众不同，带有了强烈的个人色彩，并令人难以忘怀，那这个人就是一个真正的艺术家，而这一点可以用于人类为之努力的每一个领域：经营旅馆、银行或工厂、写作、演讲、做模特或者绘画。将自己好的个性融入到工作中，这是具有决定性意义的一步，是一个人打开天才的名册，将要名垂青史的最后几秒钟。"不要把目光总放在工作的本身，这样永远不可能对任何一件工作产生热情。做好一件小事，是一种更大的成功。"世界上没有卑微的工作，只有卑微的人"。所以一屋不扫又何以扫天下呢？

段嘉曼 ◎ 评

━━━━ 知识链接 ━━━━

　　早在1700年，欧洲印制出了用在药品和布匹上作为商品识别的第一批标签，所以，严格地说：标签是用来标志您的目标的分类或内容，像是您给您的目标确定的关键字词，便于您自己和他人查找和定位自己目标的工具。印刷业所称的标签，大部分是用来标识自己产品的相关说明的印刷品，并且大部分都是以背面自带胶的。但也有一些印刷时不带胶的，也可称为标签。有胶的标签就是俗称的"不干胶标签"。仪器校准后的标签问题，这个是由国家统一规定的（或自己的省内规定）标签，标签能够明确地说明仪器被校准后的详细情况。

文／岿然不动

人生舞步
需要掌握节奏

李永波刚进入少年羽毛球队的时候，只是一个毫不起眼的无名小卒。在来到羽毛球队很长一段时间之后，这个略带羞涩的少年很少说话，每天只是在默默地苦练球技。然而，几个月之后，就是这个老实巴交的少年因为一件事而成为了全队的焦点。

那时候，队里的主力队员们都是以脚步移动速度快爆发力极强的特点而在各种大赛中取得佳绩的。于是，全队上下的队员都开始模仿学习这几个主力队员的技术特点，开始苦练移动速度和快节奏的打球方式。一时之间，只见队员们在羽毛球队的训练场馆里像一阵阵小旋风一样刮来刮去，挥汗如雨地训练着。

就在大伙儿忙着提高速度，让自己的节奏更快起来的时候，李永波却成了一道特别的风景。他并没有像别人那样跟风去模仿主力队员，而是仍旧按照自己的慢节奏在赛场上进行训练。于是，羽毛球队就出现了一个非常有趣的现象，别人都是飞快地移动着脚步加快打球的节奏，而李永波却倔强地坚持着自己缓慢而细腻的技术特点。这样训练了一段时间之后，一个热心的老队员找到了李永波，他告诉李永波现在这种快节奏的打球方式非常吃香，他担心李永波再不改

开篇直入主题，点出主要人物李永波，吸引人的注意力，引出下文。

运用比喻，形象生动地写出了当时人们打羽毛球只追求速度，为后文李永波还坚持自己的速度作对比。

李永波坚持自己的风格，坚持了自己的性格。

变技术方式就会在以后的比赛中吃亏。

可让对方没想到的是，李永波反而劝起了他。李永波告诉对方，每个人的天赋不同，优势也不同，有的人在快节奏的运动方式下能将自己的能力全部发挥出来；而有的人只有在慢节奏的运动之中才能做到最好，而自己恰好是后一种人。所以，虽然很多人都靠着这种快节奏的方式取得了成功，可自己却还是要坚持最适合自己的比赛节奏。

"看到别人成绩迅速提高，我当然也是羡慕得不得了。可是，我知道什么节奏最适合自己，既然找到了最适合自己的比赛节奏，那么我就不会因为急于求成而改变最适合自己的比赛方式。"老队员听到这里，也就没再说什么，拍拍李永波的肩膀，微笑着离开了。

在随后的很长一段时间里，李永波的成绩在队里并不突出。然而，谁都没想到这个沉默内向的少年在这段时间里却越来越能掌握好自己慢节奏的比赛方式，在经过一个漫长的积累经验和能力的过程之后，李永波像一匹黑马一样异军突起。由于长时间的训练和比赛，经过艰苦磨练的李永波已经完全掌握了最适合自己的比赛节奏。在喧闹的赛场上，李永波始终坚持着自己缓慢而充满着智慧的打法。不管对方的节奏有多快，步法变化有多频繁，技术有多么奇巧，他都不为所动，而是咬紧牙关坚持着自己的节奏。因为李永波的坚持，对手常常一不小心就不由自主地慢了下来被带入到了他的慢节奏之中，被他牵着鼻子打。于是，不管多么强大的对手，在和李永波的比赛中往往都头疼不已。

而坚持自己比赛节奏的李永波在赛场上也取得了越来越多的成功，在一系列的大赛中取得了骄人的战绩，后来更是成为了享誉世界的羽毛球大师。

每个人都是生命的舞者，只是大家跳的舞蹈有所不同罢了。你既然最适合跳舒缓优雅的芭蕾舞，那

每个人都有自己的特点，每个人都有自己的性格，只有自己才最了解自己，所以我们要学会了解自己，只有这样，我们才会发挥自己全部的力量，拥有一个完全的人生。与上文相照应，衬托出李永波独特的见解。

为下文埋下伏笔，设置悬念。

因为了解，所以李永波取得了胜利，因为了解，所以李永波才坚持自己的方法，因为了解，李永波才成为了一匹黑马，为国家争光。

从侧面描写烘托出李永波的强大。

你的人生轨迹在于你自己,你的舞姿也在于自己,怎样可以在自己有限的人生内,舞出最美丽姿态,这是我们值得考虑的问题。

么就别去勉强自己尝试激情快速的探戈,每个人都有最适合自己的人生舞步。有人快,有人慢,最关键的不是哪种舞步现在最流行,而是哪种舞步你最能掌握好节奏。与其去羡慕别人精彩的舞姿,不如坚持最适合自己的节奏,跳出最适合自己的舞蹈。

结尾点题,并升华主题。人生的舞步需要我们自己去掌握,我们的人生也由自己来掌握。

人生舞步,需要掌握节奏。有人少年成名,有人大器晚成,有人节奏快速,有人步伐缓慢。掌握好最适合你的节奏,你迟早都会跳出最惊艳的舞姿。

本文主题鲜明,立意新颖,结构紧凑,语言通顺、流畅,作者通过讲述李永波的故事告诉我们,每个人都是生命的舞者,每个人都有自己的人生舞步。最关键的不是哪种舞步最流行,而是哪种舞步你最能掌握好节奏,这样才能跳出最惊艳的舞姿。现实生活中,人们关注最多的是别人的成长轨迹,人生和事业的节奏,总是忍不住按照别人的脚步来衡量自己的速度,以别人的轨迹来衡量自己的方向,结果往往在盲目的对比参照中,在盲从于别人的步伐时打乱了自己的节奏,甚至迷失了方向和自我。其实走在人生的路上,你并不用着急去追些什么,一步一步地把握自己的节奏,让心安静下来,才会看到美丽的风景,取得满意的成绩。

王冠宇 ◎ 评

知识链接

李永波,中国羽毛球队总教练,他以雷厉风行、治军严格而著称,非常重视后备队伍的培养,在几年里,中国在很多项目形成了连贯的集团优势,成为中国羽毛球长盛不衰的生力军。李永波性格开朗,爱好广泛,在体育界以歌声闻名。在当运动员时曾以一曲《奉献》给人留下深刻的印象。

文／庞宇轩

睁开眼　闭上眼

当人生中第一缕阳光照在我的脸上，我睁开双眼，看得见这个世界。清晰的，不清晰的；真实的，不真实的。全都和着头顶晃眼的光芒，一点点地，变得稀奇、美好起来。

一天天地，我不停地长大。

我看得见的世界，是美好的。

我睁开眼，或闭上眼，都能感受到这份美好。

我并非是鱼，游在水中；我并非是鸟，飞在天空里；我并非是寂寥的只身一人，我不曾活在虚假的梦里。

睁开眼，我看得见的世界。

飞鸟掠过原野若隐若现的样子；云彩沉浮不安游荡在天空的样子；雨水打落的树叶，一片片落下时轻柔安稳的样子；阳光穿透云层照见露珠剔透如歌的样子；偶然间，小树的根下发现了小白蘑菇，被女孩儿欢快欣喜地藏在文具盒中，白白软软的样子；轻风把肥皂泡吹向远处，五彩斑斓的样子；正午的明丽阳光晃得窗帘极亮，让人近乎睁不开眼的样子……

那些美好，像是礼品店柜台上摆放的沙漏中的沙子，细小、轻微得近乎看不清，握不住，但却是亘古不变、永远存在着的，细小的快乐，在我看得见的世界中，在岁月的流光里闪闪发亮。

以环境描写开篇，表现生活的美好。

运用排比的修辞，将我的感受生动、形象地表述出来。

承上启下，自然过渡。

通过对景物的描写，生动形象地表现了世界与生活的美好，表达作者喜悦之情和对生活的热爱。

睁开眼，美好是平凡的，亦是伟大的，只能带给人快乐。

闭上眼，感受点滴美好的生活。产生一种韵律美。

用听觉多方面展现美好。

一点一滴的美让人感动，即使再平淡。抽象的"美好"在睁开眼与闭上眼之间经历着，让人永远记住留住，每个人都会希望灵魂常驻在某一个地方。

点明中心，总结全文，画龙点睛。既然生活这样美好，就要加倍珍惜。

闭上眼，我听得到的世界。风漾起水花时柔柔的激荡声；雨水拍打屋檐时"啪嗒啪嗒"的韵律；窝在床上，小熊在我耳边流着口水、软软的呼吸声（小熊是我养过的一只小狗）；大片大片雪花的飘落时掠过耳际的簌簌声；鱼缸中的金鱼受惊时掠起的水花四溅声；阴雨天花瓣散落满地细小的摩擦声。

这平淡的一切，像是冬日里的火炉，暖洋洋的，红通通的，感觉很温暖，也很舒适。也许它们很平淡，却足以使人感动和幸福。

世界啊，我是一个孩子，在一天天地长大，也必将去面对很多我难以应对的事情。我还不知道这些事情有什么确切的意义和价值。我只知道，每一天我都长大，再也没有不到两岁时爬上五楼的窗台的那份骄傲和自豪。

我清楚地知道，很多美好是我带不走的，也许某一天，我真的闭上了双眼，我希望那一刻我脸上是微笑的。那一刻，我的灵魂也许在空中，也许在水里，也许在树叶的间隙上，永远地常驻在某一个地方。

也许，这辈子像一场梦，睁开眼，闭上眼，留住了什么，失去了什么，记住了什么，忘记了什么，好的，坏的，全都是梦一般的。但是也许在这其中，在经历了很多事情之后，我会明白很多、很多……

睁开眼，想想未来，闭上眼，梦见未来！

点 评

　　文章主题鲜明、条理清晰、结构严谨、语言优美、层次清楚，大量地运用了各种修辞手法，给人一种清新、宁静、纯净、美好的快乐感受，令人引起无限的遐思，使人心之向往。

金雨蓓 ◎ 评

═══ **知识链接** ═══

　　蘑菇是由菌丝体和子实体两部分组成的，菌丝体是营养器官，子实体是繁殖器官。由成熟的孢子萌发成菌丝。菌丝为多细胞，有横隔，借顶端生长而伸长，白色、细长、绵毛状，逐渐成丝状。菌丝互相缀合形成密集的群体，称为菌丝体。菌丝体腐生后，浓褐色的培养料变成淡褐色。蘑菇的子实体在成熟时很像一把撑开的小伞。由菌盖、菌柄、菌褶、菌环、假菌根等部分组成。蘑菇有药食作用。也被用于各种人物代称和卡通形象。

```
                    ◀  写作技法积累  ▶
```

比喻及其特点

　　比喻是用另一本质不同而又有相似之处的事物作比方。即两种不同性质的事物，它们之间有相似点，便用一事物来比喻另一事物。

　　比喻的特点：三要素——本体、喻体、比喻词。

　　构成比喻的条件：①甲和乙必须是本质不同的事物，否则不能构成比喻。②甲乙之间必须有相似点。

　　比喻的作用：①可以化陌生为熟悉；②可以化抽象为具体；③可以化平淡为生动形象。

　　口诀：比喻打比方，生动有活力，明喻甲像乙，暗喻甲是乙，见乙不见甲，借喻省本体，一本几喻体，人们叫博喻。

不要与风向较劲

　　大学同窗聚会时，不少同学在羡慕他的成绩之余，纷纷慨叹自己的工作环境不理想。这时，他便讲了老田的故事，讲了老田那耐人寻味的口头语——"别跟风向较劲儿"。

文/崔修建

不要与风向较劲

　　他大学毕业进了一家政府机关，工作很清闲，许多人都把大块的闲暇时间交给了喝茶、闲聊和游戏等，让他难以忍受的是每周至少一次的所谓学习例会，其内容不过是读读报刊上的一些材料，或听几位领导冗长而空洞的讲话。很多人对那样的学习例会都心不在焉，但没人提反对意见，大家早已见惯不怪了。

　　他觉得在这样了无生气的单位庸庸碌碌地混下去，绝对不是一件好事，但他无法放弃这份既体面又收入不错的工作，只得苦恼地劝慰自己现实一些，慢慢去适应吧。

　　那是夏日的又一次百无聊赖的学习活动，室内外的闷热和领导乏味的讲话，弄得许多人已昏昏欲睡。可是，管档案的老田却精神抖擞，他以手指为笔在桌面上比比划划，一副全神贯注的样子，引得他好奇迭生。他听说老田在45岁那年才开始迷恋书法艺术，如今已是中国书法家协会会员，他的作品行销海内外，已出版多本字帖和专著。

　　怀着敬佩之情，他向仍是单位一名普通职员的老田请教，问其在那个缺乏进取意识的环境中是怎么走向成功的。老田一语淡淡道："其实也没什么，我只不过是懂得不跟风向去较劲儿罢了。"

开头运用细节描写，写出他日常生活的无聊和他无奈压抑的心情。

从侧面烘托出他内心的矛盾，引起下文。

运用对比，突出老田工作态度认真，不像其他人一样，昏昏欲睡。插叙老田的事迹，说明他热爱学习和执著的精神。

此处点题，并引起下文。

"不跟风向去较劲儿？"他有些困惑地望着老田。

　　"是啊，我们每个人有时很难改变风向，但我们可以轻松地改变自己在风中的姿态，最重要的是别忘了自己的方向。"老田简单的话语里藏着深刻的生活感悟。

情景交融，不能改变环境，那就改变自己。用在这种环境下，用经营人生的方式去实现自己的人生理想。

　　老田的一席话犹如一缕清凉的风，点醒了沉迷的他——没错啊，自己的方向是什么？自己又为心中的梦想付出了多少努力？与其坐在那里抱怨环境，不如马上行动，改变自己，就像老田那样，学会好好经营自己的人生。

照应上文，用心理描写，生动、形象地刻画出他思想的转变。

　　从那以后，他在勤勉地做好自己的本职工作之余，开始利用一切时间去一点点圆他大学时代诞生的作家梦，当别人闲聊、游戏的时候，他抱着文学书籍苦读、深思，学会了闹中取静、乱中取静，甚至不再讨厌那些无聊的学习活动，因为他已经渐渐地学会了在那样的氛围中，也能精神放松地构思自己的作品。

运用对比，写出他执著刻苦的精神。自从老田的话点醒他之后，他已经彻底地改变了。

　　数年后，他的作品纷纷地见诸各类报刊，并多次获奖、出版，因他突出的创作业绩，他已被调入一所大学中文系，一边从事他向往的教学工作，一边安心文学创作，真正实现了物质和精神的双丰收。

他的成功说明了只有改变自己，才会实现自己的理想。

　　大学同窗聚会时，不少同学在羡慕他的成绩之余，纷纷慨叹自己的工作环境不理想。这时，他便讲了老田的故事，讲了老田那耐人寻味的口头语——"别跟风向较劲儿"。

画龙点睛，升华主题。也说明了老田的话韵味深刻，引人深思。

　　与其抱怨生活环境，不如马上行动改变自己，学会好好经营自己的人生。我们不能左右生命的长度，但我们可以改变生命的宽度；我们不能改变天气的恶劣，但是我们可以改变我们的心情；我们不可以改变我们的容貌，但我们可以改变我们的心灵。

一个雏鹰，起初胆小如鼠，但它在改变懦弱的习性后，就会勇敢地飞向蓝天。

一颗幼草，起初孱弱无力，但它在风雨中改变柔弱的身躯后，就变得更加坚强。

一条大河，起初在山区奔涌，但它在改变自己的运动方向后，便奔向浩瀚的大海。

现在的我们，在学习生活中虽然遇到很多困难。但是，只有让自己变得更强，才不会感到压力，学习生活自然变得轻松快乐了。

所以，只有改变自己，才能走向辉煌。

王子孟 ◎ 评

═══ 知识链接 ═══

气象上把风吹来的方向确定为风的方向。因此，风来自北方叫做北风，风来自南方叫做南风。气象台预报风时，当风向在某个方位左右摆动不能肯定时，则加以"偏"字，如偏北风。当风力很小时，则采用"风向不定"来说明。

文／郑 文

朴素的机会

马克·吐温是文学史上的英才，也是19世纪世界上稿酬最多一位作家。中年以后，他定居纽约，一方面靠创作获取丰厚的稿酬，另一方面利用几百万美元的稿酬进行投资。

然而，对于投资理财，他显然没有文学上的天分。最初，他办了一家出版社，1周之内就亏了几万美元。后来，他把更多的钱花在印刷机的研制上，结果造出来的印刷机，只能印刷"马克·吐温"几个字，令他血本无归！马克·吐温心灰意冷，从此对投资慎之又慎。

开篇写马克·吐温在经商上的几次失败使他心灰意冷，对投资慎之又慎，为下文拒绝小额的投资作铺垫。

一天，一位朋友前来看望马克·吐温。共进午餐时，秘书向他汇报，一个年轻人请求拜访他，说是带来了个新奇玩意。出于好奇，马克·吐温接见了他。

年轻人怯生生地走进客厅，胳膊底下还夹着一个怪模怪样的东西。见到大文豪马克·吐温，他有点忐忑地说："这是我发明的一种新装置，有了它，即使距离遥远的人们之间也可以互相联络。"马克·吐温不禁大笑，他暗想：哪有这么神奇的东西，或许这小伙子知道他钟爱投资，存心来骗钱的吧。他故意问道："需要投资多少钱？"年轻人眼睛一亮："我的公司刚成立，急需要资金进行销售和生产，您只要投入500美元，就可以拥有一大笔股份。"马克·吐温从口袋里

"怯生生""忐忑"使马克·吐温相信了自己的判断，仅500美元投资这个便宜的发明，让他觉得是太离谱的谎言。此处设下悬念，为下文埋下伏笔。

掏出100美元递给他,然后婉言拒绝了他。

事后,朋友问马克·吐温,为何放弃这笔数额不大的投资?马克·吐温回答:"第一,这个小伙子衣着简朴,神色紧张,一看就不是生意场上的人,我怎么可能和他合作搞投资;第二,他吹嘘的玩意那么神奇,而投资又如此之少,这也太离谱了。或许他是个贫穷的大学生,想从我这骗点钱,我倒宁愿送他100美元去买点书本。"

马克·吐温因多次失败而在投资上谨小慎微,道理说得看似句句在理,却只是多心,只是不敢相信这么平淡的机会罢了。

马克·吐温的分析无懈可击,朋友不由得佩服他的老谋深算。

5年后,马克·吐温由于身体有病,加之经营不善,负债累累,被迫到全美各地讲学以赚取酬劳偿还债务。而此时,当年那个年轻人创办的公司已崛起于全美各大城市,他的产品正如日中天地销往整个欧美地区。这个年轻人就是贝尔,他胳膊下夹着的"新奇玩意儿"叫电话。曾给这个产品投资的人,都已成了百万富翁。马克·吐温感慨万千,他说:"以往各种诱人的机会,都让我掉进了万劫不复的深渊。这个机会太朴素、太不像个机会了,以至于我错失了它。"

揭示了悬念的结果,机会不是总有的,真正朴素的机会更是难得。

馅饼背后是陷阱,真正的机会往往是朴素的。

结尾点题,引人深思,发人深省。

永远不要期待轰轰烈烈的机会,机会轻轻地来,轻轻地去,几乎来不及让幸运的人们梳理梦想,来不及让人们铮铮地鼓起勇气,它的背影就已在你的叹息痛恨中踏上归程。玫瑰迷雾罩起的外表,胜似机遇,实则不然,它们的笑靥后是一把把封喉的利剑,它们用成堆的金钱吸引着,用美好的未来许诺着,然而无时无刻,一双双泛着绿光的眼神在贪婪地望着、等着,等到你无法全身而退的那一天,刀光剑影、血泪交横。

你被蚕食的心冷了、淡了,经过沧桑的风雨冷暖、花开花落,对一切都充满了疑虑。当真正的机会不加雕饰地走进你的生活,你干涸已久的眼眸注入了一抹光亮,却彷徨、徘徊,终于没有了勇气,与真正的机会失之交臂。

朴素是真，难得，也难被发现。错过了，坦然一笑吧，一个机会的结束，也是另一个机会的开始。

刘宇瑶 ◎ 评

▄▄▄ 知识链接 ▄▄▄

虽然马克·吐温的财富不多，却无损他高超的幽默、机智与名气，被称为美国最知名人士之一，曾被推崇为"美国文坛巨子"，擅长写讽刺小说。其交友甚是广泛，迪士尼、魏伟德、尼古拉·特斯拉、海伦·凯勒、亨利·罗杰诸君，皆为其友。他曾被誉为文学史上的林肯。海伦·凯勒曾言："我喜欢马克·吐温——谁会不喜欢他呢？即使是上帝，亦会钟爱他，赋予其智慧，并于其心灵里绘画出一道爱与信仰的彩虹。"威廉·福克纳称他为"第一位真正的美国作家，我们都是继承他而来"。他于1910年4月21日去世，享年七十五岁，安葬于纽约州艾玛拉。

文／去绝踪

路曲心直

在一座寺中有一个小和尚，他从小就在这里出家了，是寺中的众僧把他养大的。可是，他却为此付出了很大的代价。每天清晨，他要去担水、洒扫，做过早课后要去寺后的市镇上买一天的寺中日常用品。回来后，还要干一些杂活，晚上还要读经到深夜。就这样，晨钟暮鼓中，十年过去了。

有一天，小和尚有闲暇，便和其他小和尚在一起聊天，发现别人过得都很清闲，只有他一天在忙忙碌碌。而且，虽然别的小和尚也下山去购物，但他们去的是山前的市镇，路途平坦距离也近，买的东西也大多是很轻便的。而十年来，方丈一直让他去寺后的市镇，要翻越两座山，道路崎岖难行，肩上还要扛着很重的物品。他带着诸多疑问去找方丈，问："为什么别人都比我自在呢？没有人强迫他们干活读经，而我却要干个不停呢？"方丈只是低吟了一声佛号，微笑不语。

第二天中午，当小和尚扛着一袋小米从后山走来时，发现方丈正站在寺的后门旁等着他。方丈把他带到寺的前门，坐在那里闭目不语，小和尚不明所以，便侍立在一旁。日已偏西，前面山路上出现了几个小和尚的身影，当他们看到方丈时，一下愣住了。方丈张开眼睛，问那几个小和尚："我一大早让你们去买盐，路这么近，又这么平坦，怎么回来得这么晚呢？"几个小和

劳其筋骨，饿其体肤，这是一个磨练心智的过程，为玄奘日后身担大任奠定了基础。

在生活中发现问题时，遇到困难往往是自己给自己设下的一道坎，人只有超越自我，才能向成功走得更近。

提出疑问，将他内心的情绪通过语言展现出来，埋下伏笔，引起下文。

尚面面相觑，说："方丈，我们说说笑笑，看看风景，就到这个时候了，十年了，每天都是这样的啊！"

方丈又问身旁侍立的小和尚："寺后的市镇那么远，翻山越岭，山路崎岖，你又扛了那么重的东西，为什么回来得那么早呢？"小和尚说："我每天在路上都想着早去早回，由于肩上的东西重，我才更小心去走，所以反而走得稳走得快，十年了，我已养成了习惯，心里只有目标，没有道路了！"

方丈闻言大笑，说："道路平坦了，心反而不在目标上了。只有在坎坷的路上行走，才能磨炼一个人的心志啊！"

几个月后，寺里忽然严格考核众僧，从体力到毅力，从经书到悟性，面面俱到。小和尚由于十年的磨炼，加上一直参经悟佛，所以在众僧中脱颖而出。他被选拔出来去完成一项特殊的使命，在众僧钦羡的目光中，他坚毅地走出了寺门。

这个和尚就是后来著名的玄奘法师。在西去的途中，虽水阻山隔艰险重重，他的心却一直闪耀着执著之光。

道路曲折坎坷并不是通向目标最大的障碍，一个人的心才是成败的关键。只要心中的灯火不曾熄灭，即使道路再崎岖难行，前途也是一片光明！

人只有克服心中的惰性才能超越自我。将浮躁的心态宁静下来，坚定心中的目标，一直努力才会成功。

路曲心直，点明文章题目。

提示小和尚的身份，玄奘法师达到了伟大的目标，实现了自己的理想。

结尾升华主题，画龙点睛，引人深思，发人深省，耐人寻味。

　　路曲心直，这是指引我们走向成功的真理，我们首先要让浮躁的心平静下来，静静地思考、感悟，一切小事都会让我们感知它的意义及价值，正如，好的围棋要慢慢下，好的生活历程要细细品味，最美的事物往往就在心中，只要心中有目标，前途就会无限的光明。
　　林清玄说过："在不确定中生活的人，能比较经得起生活的考验，会锻炼出一颗独立自主的心，在不确定中能学会用很少的养分转化为巨大的能量，努力生长。"
　　因此，不要在困难或坎坷这些不确定的因素面前低头，轻言放弃。只要心中有路，管它是曲是直，都会送你到达成功的彼岸。

李嘉骐 ◎ 评

══ 知识链接 ══

方丈原为道教固有的称谓,佛教传入中国后借用这一俗称。佛寺住持的居处称为方丈,亦曰堂头、正堂。这是方丈一词的狭义。广义的方丈除指住持居处外,还包括其附属设施如寝室、茶堂、衣钵等。

玄奘 (公元602—664年),名陈　,洛州缑氏 (今河南偃师市缑氏镇陈河村) 人。唐代著名三藏法师,佛教学者、旅行家,与鸠摩罗什、真谛并称为中国佛教三大翻译家,唯识宗的创始者之一。出家后遍访佛教名师,因感各派学说分歧,难得定论,便决心到天竺学习佛教。唐太宗贞观三年 (公元629年,一作贞观元年),从凉州出玉门关西行,历经艰难抵达天竺。初在那烂陀寺从戒贤受学。后又游学天竺各地,并与当地学者论辩,名震五竺。经十七年,贞观十九年 (公元645年) 回到长安,组织译经,共译出经、论七十五部,凡一千三百三十五卷。所译佛经,多用直译,笔法谨严,丰富了祖国古代文化,并为古印度佛教保存了珍贵典籍,世称"新译"。曾编译《成唯识论》,论证"我"(主体)、"法"不过是"识"的变现,都非真实存在,只有破除"我执""法执",才能达到"成佛"境界。所撰又有《大唐西域记》,为研究印度、尼泊尔、巴基斯坦、孟加拉国以及中亚等地古代历史地理之重要资料。历代民间广泛流传其故事,如元吴昌龄《唐三藏西天取经》杂剧,明吴承恩《西游记》小说等,均由其事迹衍生。

文/文　天

水滴石穿

体现了情况的紧急，情形的恶劣，为下文小伙子抛绳子作铺垫。

说明了小伙子扔得准是怎样练出来的。体现了小伙子动作的精准，细节描写生动传神。

揭示扔得准的原因。小伙子的事告诉我们，只要坚持做一件事，没有什么是做不到的。

　　有一位渔民在捕鱼时，被忽然而至的山洪围困，急忙中爬到河里一块礁石上，可是随着洪水越涨越高，水流也越来越急，情况非常危急，这时有位过路村民看到，急忙报了警。然而到来的警察也束手无策，水流湍急，救生艇不能下水，有几次想试着用引缆把缆绳抛给那位渔民，可是都因为没有准点儿无功而返。眼看着渔民所站立的礁石在洪水包围下越来越小，情况也越来越危险。

　　这时，有位村民提议，找村里一位放羊的小伙子来抛引缆，因为放羊的小伙子在放羊时经常抛掷小石块来管理乱跑的羊，他扔的小石块可谓随心所欲，想扔哪儿就哪儿。面对眼前紧张的局面，警察同意了，小伙子被找来后，用眼光目测了一下距离，把引缆卷好了，就那么一甩，果然一举命中目标，那位渔民获救了。

　　事后，有人问小伙子，你抛的绳子怎么那样准呢？小伙子淡然一笑说："习惯了，我在放羊时天天要扔好多石块来管理羊群，扔得多了，自然就能准确命中目标了，熟能生巧罢了。"

　　这让我想起一位无臂书法家和志刚来。从小失去双臂的和志刚，面对上学的困难，茫然不知所措，看到别的小朋友在写字，他感到无所事事。父亲对他说，孩子，你要克服自己遇到的困难，首先要学会写字。没有手，怎么写呢？后来，和志刚用牙咬着钢笔写字，口水会沿着笔杆流下来，和志刚就默默地咽下去。经过多少次反复练习，和志刚终于可以写出很好看的字了，有时连身边的小朋友都会感到惊奇，他没有双手却可以写出那么好看的字！

"默默地"体现了练习的艰辛，也体现了和志刚要练好字的决心。

这给了和志刚很大的信心，他后来决定用毛笔写字，可是毛笔不像刚笔，它的笔锋是软的，这就需要和志刚付出更大的代价去练习。

没有任何困难能阻挡成功，用同学的话衬托出和志刚刻苦练字的成果。

在反复的练习中，和志刚发现别人是在用手腕来控制笔，而自己用牙齿有很大的局限，但在长久的揣摸中，发现可以用腰、腿等部位协调起来用笔写字，这样，和志刚又找到了自己独特的写字方式。

发明了自己独特的写法。

和着辛勤的汗水与常人难以想象的毅力，和志刚练就了一笔好书法，他终于可以依靠自己的能力去获得幸福的生活。他的书法不仅在国内受到欢迎，还在国际上有许多外宾收藏，2002年9月，法国总统希拉克的特使专程来丽江购买他的作品，作为总统70岁生日的贺礼。

持之以恒，锲而不舍，找准一个目标，就可以像那滴朴素却坚韧的水一样去击穿生活坚硬的外壳。

点明中心，升华主题，发人深省。

本文主题明确，条理清晰，结构严谨，语言简练，通过举具体的事例，抒发作者的观点：任何困难都不能阻挡我们前进的脚步，只要付出足够的努力，就可以克服困难，走向成功的彼岸。

李坤恒 ◎ 评

━━ **知识链接** ━━

水滴石穿的科学解释

物理解释：水从高处滴下，重力势能转化为动能，冲击石头，对石头表面做功，水滴飞溅，石头表面损耗，虽然水滴做的功很小，这损耗也是极微量的，但是时间久了，这微量的积累就显得多了，就可以看到石头表面的凹陷，时间再久，最终石头被滴穿了。（引例：用冲击钻钻木头，一下子就可以钻出一个洞，是因为冲击钻做功远比水滴冲击做功大得多，但是如果给水加高压，让水高速喷出，就可以无坚不摧，应用比如医学手术中使用的"水刀"）。

化学解释：很多常见的石头中主要成分都含碳酸钙，水溶解空气中的二氧化碳，滴到石头上后，还会发生化学反应，$CO_2+H_2O+CaCO_3{\rightarrow}Ca(HCO_3)_2$，碳酸氢钙易溶于水，所以石头表面就被腐蚀了。如果空气质量比较差，形成酸雨，那落下的水滴腐蚀石头就更快了。（钟乳石的形成就是如此。溶洞中滴下的水就是溶解了碳酸氢钙的水，碳酸氢钙再分解成水、二氧化碳、碳酸钙，碳酸钙沉积就形成了钟乳石。）

哲学解释：量变到质变。量与质的辩证关系。

文/筝 儿

一百亿的起点

台北有位建筑商，年轻时就以精明著称于业内。那时的他，虽然颇具商业头脑，做事也成熟干练，但摸爬滚打许多年，事业不仅不见起色，最后竟还以破产而告终。

在那段失落而迷茫的日子里，他不断地反思自己失败的原因，但想破脑壳也找寻不到答案。论才智，论勤奋，论计谋，他都不逊于他人，为什么有人成功了，而他却离成功越来越远呢？百无聊赖的时候，他来到街头漫无目的地闲转，路过一家书报亭，就买下一张报纸随便翻翻。看着看着，他的眼前豁然一亮，报纸上的一段话如电光火石般击中他的心灵。他迅速回到家中，把自己关在小屋里，整夜整夜地进行思考。

后来，他以仅剩的一万元为本金，再战商场。这次，他的生意好像被施加了魔法，从杂货铺到水泥厂，从包工头到建筑商，一路顺风顺水，合作伙伴趋之若鹜。短短的几年内，他的资产就突飞猛进到一亿元，创造了一个商业神话。有很多记者追问他东山再起的秘诀，他只透露四个字：只拿6分。

又过了一些年，他的资产如滚雪球般越来越大，达到了100亿台币。有一次，他来到大学演讲，期间不断有学生提问，问他从一万元变成一百亿到底有何秘

"想破脑壳也找不到答案"写出年轻人的困惑，运用了夸张的修辞方法。

"如电光火石般击中他的心灵"写出他受到强烈震撼，也为后文埋下了伏笔。设置悬念，吸引读者。

进一步设置悬念，一步一步吸引读者的心。

诀。他笑着回答，因为我一直坚持少拿2分。学生们听得如坠五里雾中。望着莘莘学子们渴望成功的眼神，他终于揭秘了一段往事。

他说，当年我在街头看见一张采访李泽楷的报纸，读后很有感触。记者问李泽楷，你的父亲李嘉诚究竟教会了你怎样的赚钱秘诀？李泽楷说，我的父亲从没告诉我赚钱的方法，只教了我一些做人处世的道理。记者大惊，不信。李泽楷又说，父亲叮嘱过，你和别人合作，假如你拿七分合理，八分也可以，那我们李家拿六分就可以了。

说到这，他动情地说，这段采访我看了不下一百遍，终于弄明白一个道理：精明的最高境界就是厚道。细想一下就知道，李嘉诚总是让别人多赚2分，所以每个人都知道和他合作会赚到便宜，所以更多的人愿意和他合作。如此一来，虽然他只拿6分，但生意却多了100个，假如拿8分的话，100个会变成5个。到底哪个更赚呢，奥秘就在其中。我最初犯下的最大错误就是过于精明，总是千方百计地从对方身上多赚钱，以为赚得越多，就越成功，结果是，多赚了眼前，输光了未来。

演讲结束后，他从包里掏出了一张泛黄的报纸，正是采访李泽楷的那张，多年来他一直珍藏着。报纸的空白处，端端正正地有一行毛笔书写的小楷：七分合理，八分也可以，那我只拿六分。他说，这就是一百亿的起点。

李嘉诚并没有教给儿子赚钱的道理，而是教了他做人处世的道理，从中可见为人的重要性。

做人要厚道。当我们千方百计地赚取眼前的利益时，我们就失去了未来。做人要有长远的眼光。

可见他对厚道的重视，这也成为了一百亿的起点。点明主题，引人深思。

树木舍弃了娇艳的花朵，收获了甜美的果实；鹰舍弃了温暖的巢穴，收获了蔚蓝的天空；小溪流舍弃了群山的挽留，收获了大海的壮阔。

一个年轻人，在短短几年之内创造了百亿的奇迹。不仅是因为才智，不仅是因为智谋，最重要的是因为一句简单的话，一颗舍得的心。这是一百亿的起点，也是成功人生的起点。

舍得，舍而后得。

禹舍一时之思念，换九州百姓生活安宁；刘豫州舍一时的架子，才得到卧龙相助；毛泽东舍一城一池之失，带领人民走向光明。泰戈尔说："只有放弃生命，才能得到生命。"

舍，看似是为了别人，实则是为了自己的未来的得。付出一句赞美，才能得到别人由衷的回应；付出一个微笑，才能得到别人真诚的回眸；付出一颗热心，才能得到世界的美丽。想得什么，就要先舍什么。

一百亿的起点，既是厚道，更是舍得。

辛天斯 ◎ 评

=== **知识链接** ===

台北市为台湾省省会城市，其位于台湾岛北部的台北盆地，四周均与台北县接壤，是台湾人口最多的城市，也是台湾政治、文化、商业与传播等的中心。

文/唐　仔

拍集体照时喊什么

开头写出每年要拍集体照呼应文题，并写出其实是一种遭罪，设置疑问，从而引出了第二段中，拍照时不光是对摄影师的考验，同时也是对被照相者的一种考验，所以被说成是遭罪。

对于部分照相的人来说，假装的笑容很难看，也不容易装出来。

起到了承上启下的作用。

"苦大仇深"一词运用夸张的手法，形象生动地写出面部不露一丝笑容的照相人，强调出那一张苦瓜脸难看。

看出摄影师们为了让照相的人放松地笑出来也费尽了心思，同时生动形象地写出了"茄子"一句口号，让照相的人不禁笑出来的效果。

每年，总有几次拍集体照的机会，每一次，都是遭罪。

一张照片上，密密麻麻挤着几十张面孔，要让每个人都留下光辉的形象，对摄影师来说，确是一次考验。照相的人滋味也不好受，你得和众人保持高度一致，努力睁大眼睛，不能眨，偏偏越不能眨，眼睛越生涩，于是，总有人在摄影师按下快门的瞬间，不争气地眨巴了眼睛，成了瞎子。不过，最难的，还是咧开嘴，做出笑容状。笑，容易，露出标准的七颗牙齿，生动地笑，可就难了。

摄影师努力寻找一些办法。

最早的摄影师，喜欢喊一二三。故意拖着长腔，其实喊到二时，他就已经摁下了快门。眨眼的问题，解决了，可是，照片上的人，脸上的肌肉，都绷得紧紧的，个个苦大仇深的样子。得让大家笑起来，笑容是一个人最生动的形象。

有人就是笑不出来。不知道最早是哪个摄影师，想出了一个聪明的办法，让大家齐声喊"茄子"。一声茄子，使众人脸上的肌肉，都松弛了下来，而且，越是大声，越是普通话发音，脸上的笑容，就越灿烂。茄子像一朵鲜花，在人们的脸上绽放。

你常常能看到这样的场景，一排人，又一排人，层层叠叠地站在一起，在摄影师的口号下，齐声发出洪亮的"茄子"。茄子在空气中回荡，灿烂的笑容定格在胶卷上。

对照相时人们的大体样子与场景进行描写。

儿子拍幼儿园毕业照那天，回来问我，为什么照相时要喊茄子啊？我告诉他，喊茄子时，人的脸上就会露出笑容啊。儿子又问我，是因为茄子好吃，长得可爱，大家才笑的吗？孩子的思维就是怪。我向他解释，说茄子这个词时，嘴角就会向后咧，看起来，就像是笑了。

借儿子之口问出为什么要喊茄子，并且已为人父，对自己的答案更是毋庸置疑，通过就连幼儿园拍集体照都要喊"茄子"体现出了"茄子"在当时的普遍性。

大家都喊茄子，是不是太幼稚了。很快，有人发现了另一个词，"田七"。我怀疑这是牙膏厂家的广告创意。不过，说田这个字，确实比说茄字，嘴巴咧得更开些，因而"笑"果更明显。"田七"很快取代了"茄子"。

"田七"的效果好于"茄子"，也就使"茄子"又渐渐地淡出人们视线，改为了"田七"。

民间摄影师们，更富有创造性。一次，在一个农家乐开会，会后合影，背景就是农庄。帮我们拍照的小伙子，是当地一个农民。他说，你们这些城里的领导和专家，光临我们农庄，是我们农庄的荣幸。今天，我们不喊茄子，也不喊田七，我们喊点新鲜的，好不好？有人问，喊什么？"猪圈儿——"小伙子大声回答。集体喊猪圈儿？我们全都亮开了嗓门："猪圈儿——""喀嚓"一声，我们被定格了。照片洗出来后，所有的人都很满意，大家第一次笑得如此整齐，如此开怀。

预示着后来又有东西可能取代"田七"，为下文作铺垫。

最有意思的，是年前我们单位的一次合影。那天，刚刚发年终奖。摄影师问大家，大家的口袋里鼓鼓囊囊装的是什么？"钱！""好，那我们今天就齐声喊钱"。在摄影师的号令下，几十张嘴巴，同时发出了响亮的吼声："钱——"简洁，干脆，直接将两个嘴角，咧到了脸颊上。红口白牙，多么灿烂。

摄影师巧妙地抓住了大家刚领到年终奖金的欣喜，又用钱去刺激了一下，便使他们笑得更自然欢快、放松。

据说，钱这个字很快在各个拍集体照的场合流行开来，彻底取代了"茄子"和"田七"。有人分析原因，钱这个字，让人想起来心痒痒，说起来心花怒

体现出人们领到钱之后的高兴，引出了之后文中说到的"钱"马上就流行起来，取代了"茄子"与"田七"，同时与前文几次笑相照应。

从彻底取代看出人们对钱的一种向往。结尾深化主题，说出一个口号没什么，而在于其背后的韵味。

放，听起来浑身舒畅。人们总算在集体面对镜头时，找到了一个共同的语言。那不是一个字的魅力，而是金钱的魔力啊。

　　文章写出了在现在的社会，人们对照相效果的要求越来越高了，从而总是有一些人会想出一些有利于拍照效果的词汇，有些是单纯地为了形体动作而创造的词汇，而有一些就是因为其背后所蕴含的东西有一定意义，也便采用了它。
　　现在的社会进步与发展越来越快，人们对于一些事情的要求也就越来越高，并且现在人越来越冷漠，不再有真实的笑容，只是片面地追求那些虚假而又标准的笑容，而不张扬那种人性真正的美丽。

王浩泽 ◎ 评

知识链接

　　摄影术传入中国之前，人们是靠"影像铺"这样的店家用传统的画像方法描绘自己的容貌。当时画人叫"小照"，画亡灵为"影像"。摄影术传入中国后，人们把这两个词连起来称为"照相"。

文/乐 至

给奶茶加点珍珠

涂宗和开的茶楼生意不错，每天都有不少的收入，可是他却一直高兴不起来。因为茶楼这个行业并没有什么独家秘方，你能做的产品，别人往往也能做，所以如果没有好的创意的话，你的顾客就很快会被竞争对手分流。

> "生于忧患，死于安乐"。生意兴隆中察觉到问题，涂宗和的成功令人信服。竞争往往会激发人的潜能，相互促进，才会有提高，设置悬念，引出下文。

为了能够吸引更多的顾客，涂宗和在茶楼里不仅卖茶，而且还经营各种饮品，可是市场反应很平淡。随着时间的推移，身边的竞争对手也越来越多，涂宗和也感觉到了越来越大的压力。

> 前文细叙茶楼之危机，为后文涂宗和空前成功埋伏笔。

这一天晚上，茶楼里的工作人员在统计着今天的收入，心情有些憋闷的涂宗和独自离开了茶楼出去散心。在热闹繁华的商业区走了一会儿之后，涂宗和心里猛地一颤，他低着头满脸心事地回到了茶楼里。刚刚统计完今天收入的工作人员们发现今天的销售业绩不错，大家正沉浸在快乐之中，人们忽然看见老板涂宗和神情严肃地回来了。涂宗和性格开朗为人和善，平时对待员工就像对待自己的家人一样，时不时的还和大家开开玩笑，所以员工们都非常喜欢这个豁达爽朗的老板。可现在，大家惊奇地发现一向自信开朗的老板神情严峻，不知道到底出了什么事情？

> 做生意在某些方面就像治理国家，不能"闭关锁国"。了解市场行情，紧跟市场动态，涂宗和严谨的态度是其成功的一项基本要素。

> 性格决定人际关系，人际关系往往决定的是今后的路。人品好处处都会有帮助。

于是，大家凑上前去，问涂宗和到底出了什么事情。涂宗和告诉大家，刚才他在街上散心的时候发现

> 情节波澜起伏，引人入胜。

最近自己茶楼刚刚推出的卖得很不错的奶茶，现在很多茶楼和饮品店也都在卖，用不了多久，自己茶楼的奶茶销售量就会大幅度的萎缩。

大家知道涂宗和眼光看得远，而且这个行业本身就是这样竞争激烈，所以一时之间也没有什么好办法，只好安慰了涂宗和一会儿。涂宗和笑着让大家都下班回家休息，自己则坐在店里的椅子上苦苦地思索着。一连几天，涂宗和不停地在思索着这个棘手的问题，可是却一直没有太好的办法，愁得他头疼不已。

有一天，正在店里忙着的涂宗和无意间瞥见了自己店里的粉圆，整个人像被电击了一样猛地停下了脚步，看着小小而又圆润的粉圆愣了半天。粉圆是当地一种甜品，味道香甜而又不腻人，从孩子到大人都很喜欢吃这种小甜食。涂宗和脑海中猛然冒出一个念头——如果把这种小甜点放到奶茶中，会不会有些意想不到的效果呢？

涂宗和是个敢想敢做的人，想到这点之后立刻动手尝试。当涂宗和把黑亮光润的粉圆放进纯净洁白的奶茶之中后，整杯奶茶一下子变得非常好看，就像是一颗颗珍珠镶嵌在奶茶中一样。涂宗和又尝试着调配了一下奶茶的配方，使得这种奶茶有了非常好的味道和口感。

欣喜若狂的涂宗和很快就将这种珍珠奶茶推上了市场，前来消费的客人们惊奇地品尝着这种外观美丽口感特别的奶茶，都惊叹不已。由于客人们口口相传，所以珍珠奶茶很快就成了家喻户晓的饮品，很多人携家带口开着车从几百里外赶来就为了喝上这么一杯特别的奶茶。

奶茶的成本并不高，粉圆的价格也很低，但是将奶茶和粉圆放在一起经过精心调制之后的珍珠奶茶的价格却是翻了几倍，利润非常可观，很快就给涂宗和带来了滚滚财源。就因为这么一杯小小的奶茶，涂宗和迎来了自己人生的转机，并且以此为基础，一步

中国的山寨力量，或许是一个个企业创新、进步的动力，不断被模仿，才能有最后的飞跃。

揭示机会只给肯钻研之人！

灵感来源于生活，灵感只求那一"灵"，运用比喻修辞，突出涂宗和的惊喜。

敢想敢做，没有不断的尝试就没有新的成功。

"珍珠"一名颇具美感。细节描写令人眼前一亮。

与前文相照应，揭示结果。

步成长为台湾知名的富豪。

很多年后，已经在商界大获成功的涂宗和在谈到珍珠奶茶的时候，不无感慨地说道："其实人人都是一杯奶茶，关键是你要拥有自己的珍珠，只有这样，你的价值才能提高，才能与众不同。在创办茶楼之前，我的人生已经跌落到了谷底。那时候人近中年的我负债累累，在所有人眼中我已经彻底完了。可我不服输，我不放弃自己，这种不放弃就像是我人生的珍珠一样，让我这杯奶茶有了特别的价值。"

> 执着、坚忍、不服输，这样活着人生才能有价值。

奶茶处处有，镶嵌了珍珠的奶茶却是难得的珍品。我们每个人都是一杯拥有才华、能力、上进心的奶茶，而却不是每个人都能拥有那些特别的珍珠。这些珍珠就是我们在逆境中不放弃，在绝境中不绝望，在险境中不退缩的不屈精神。只要拥有了这样永不妥协的精神，我们的人生就会闪亮，就能发现一个个改变命运的机会。

> 升华主题，画龙点睛，提出"珍珠"精神，令人深思。

给你的奶茶加点珍珠，给你的人生加点勇气和光辉，你的人生就将与众不同。

　　我们都曾跌入低谷、迷惘、绝望。但在谷底中，我们尚残存一丝希望。人生的路漫漫长，前方险恶未曾卜，少数人平步青云，多数人只有靠着那份志气，那份坚定与执着才会成功。我们不怕太多的绊脚石，只怕在面对它们时失去了信心；困难不可怕，害怕困难最可怕。在困难面前，人们要对自己"狠一点"。我欣赏奔驰车的一句广告语：The best or nothing.要做就做最好的，要么就什么也不做。在困难面前，给自己加把劲，成功，不远了！风雨过后，亦是彩虹，亦是新生！

温宁 ◎ 评

══ **知识链接** ══

牛奶与茶的融合，就产生了奶气茶香的奶茶。在中国、印度、英国、新加坡、马来西亚、以及台湾、香港、澳门等世界各地都有奶茶的芳香。

第七辑

有一种感觉叫怀念

　　像是一面刻着花的透明水晶面板，平平地铺在光阴里面，透过它，可以隔空看到无遮无碍的世界。可是，若是在光阴里铺一片黑绒布，这块水晶面板上面的花纹，马上凸现，丝丝缕缕，皆是过去的时光。这种感觉，大概就叫怀念。

文 / 崔海峰

由戒生定　由定生慧

来到大学之后不久，安东尼奥就被眼前绚烂多彩的生活深深吸引住了。在校园里，到处都是社团的聚会，音乐爱好者们激情的个人展示以及朋友之间的游戏打闹。在这里，青春的气息充斥着每一个角落，年轻的学子们尽情地享受着这自由自在潇洒快乐的生活。

安东尼奥从小就是一个优秀的组织者，进入大学之后更是如鱼得水，很快就和大家打成一片，迅速成为了校园里最活跃的人物之一。无论是学校举办的各种活动，还是学生们之间的聚会Party，他总是最引人注目的热心组织者。

虽然生活过得非常精彩，可是安东尼奥却越来越感觉有些空虚。尽管每天都在不停地忙碌，可是一旦休息下来，他总能感觉到莫名的空虚。每天穿梭于各种团体和聚会之间的他，看上去过得很充实很快乐，可内心之中总有一种淡淡的茫然。他的睡眠质量越来越不好，情绪有波动，内心总也找不到宁静的状态。他知道自己的快乐只是来源于眼前的忙碌，而以后的人生之路应该怎样走过，自己应该选择怎样的生活方式等等问题，都一直困扰着他。他没有办法找到答案。眼前的快乐只是暂时的，而人生还有很多重要的问题没有解决，未来显得模糊不清，每当想到这里，

文章一开头就描写大学生活的多姿多彩，让读者联想到繁华的世界，进而为后来安东尼奥的迷失作铺垫。

详细描写出了安东尼奥的心理活动，突出了安东尼奥因为不必要的社交活动而心力交瘁，无法感到宁静、充实，是"由戒生定"的众例，因为远没有放弃所以才不平和，所以才十分惘然，这就是迷失了自己。

他的心里就一阵阵发慌。

安东尼奥渐渐意识到：看似忙碌的生活对自己将来的人生并没有什么太大的帮助，而自己除了上课之外的时间几乎都投入到了这些可有可无的活动中。时间飞快地流逝着，可自己却对未来的人生连一个基本的规划都没有，看似繁忙的生活除了让身心不停地忙碌之外，对自己没有丝毫的帮助。这样忙乱的生活，只能让自己的心态变得越来越浮躁空虚，这样的生活不能再继续下去了！

所幸的是，安东尼奥已经意识到了这种看似忙碌，实则并没有多大意义的生活对将来的人生没有什么太大的帮助，于是他开始改变。此处为下文埋下伏笔。

什么样的生活状态就会产生什么样的心态，安东尼奥感觉到自己现在的心态渐渐变得焦躁不安起来了，所以他狠下心来不再参加一些可有可无的聚会和活动。尽管同学们对他的变化非常惊诧，而且反复劝说他再次加入到大家的活动之中来，可是他都硬着头皮委婉地拒绝了。他知道这些生活虽然精彩，但却不是自己真正想要的，所以自己必须远离这样的生活方式。

突然从那种无比繁忙的状态之中停下来之后，安东尼奥自己也感觉到非常不舒服。可是，由于没有了各种各样不必要的应酬和交际，他的身心都渐渐放松了下来，心态也越来越平稳，睡眠质量也迅速提高了上来。由于不用在各种聚会和社交活动中投入太多的精力，安东尼奥的精神也不像以前那样被严重地消耗了。外界的精彩少了，诱惑少了，心情也就不随着外界的变化而产生波动了，心态也就越来越平静安定。

这就是"由戒生定"。从侧面烘托出主题。

心态渐渐变得平和之后，安东尼奥开始认真地考虑究竟什么才是自己最喜欢的生活？心态稳定平静的他可以集中全部精力思考这些问题，并且很快他就发现自己最喜欢的是体育运动。从小就酷爱体育运动的他不像别人一样只把这些运动当成锻炼身体的活动，而是把这当做一项事业来看待。他发现自己在从事体育运动的过程中，不仅非常享受在赛场上比赛的快乐，而且也非常喜欢组织各种体育运动，安东尼奥感

当静下来的时候，我们就会严肃而认真地思考生命。正如安东尼奥一样。他发现自己真正的快乐来源于体育运动，并且这是一项让他能够感到充实的事业，能让他坚持一生的事业。这便是"由定生慧"。从侧面引出主题。

到自己从中能够得到巨大的成就感。

经过冷静地分析之后，安东尼奥发现以前那些和体育运动没有关系的应酬和活动虽然也很不错，但却不是自己所追求的生活方式。只有在彰显着生命美和力量的体育运动中，自己才能感到充实快乐。于是，安东尼奥也渐渐发现，这一生只有从事体育运动，自己才会过得开心。平静安定的心态让他能够积极地思考自己未来的人生，这些思想的火花在不停地撞击之后，为他照亮了一条通向未来的光明大路。

从这之后，安东尼奥下定了决心，这一生都要从事体育运动，因为这是自己最喜欢的生活方式。在随后的几十年里，他一刻也没有和体育运动分开过，他将自己全部的热情、努力、汗水和忠诚都投入到了体育运动之中。他在享受体育运动给自己带来快乐的同时，也因为自己在体育方面的天才取得了巨大的成功。很多年之后，人们都牢牢记住了他的全名——前奥委会主席胡安·安东尼奥·萨马兰奇，一个在人类体育史上闪耀着光辉的名字。

佛家有言：由戒生定，由定生慧。在这个忙碌而烦乱的时代里，我们每天都在不停地忙碌着，却从来没问问自己，究竟哪些才是真正值得自己忙碌的？有很多事情对我们并没有太大的意义，只是在浪费我们宝贵的精力，加重我们的心灵负担而已。所以，我们要学会远离那些对我们没有益处却占用我们不少心力的交际活动，只有这样，我们才能够得到平静安定的心态。而只有平静安定的心态才能够让人冷静全面地思考生命，从而产生智慧，并且用这些生命的智慧帮助自己过好这一生。

安东尼奥彻底地改变了。把自己全部的热情、精力投入到了体育运动中，享受着快乐，并且在事业方面取得了巨大的成功。前后对比鲜明。

胡安·安东尼奥·萨马兰奇是成功的榜样，舍小而得大，就会获得真正的成功。

结尾总结全文。画龙点睛、照应文题，充分地诠释了"由戒生定，由定生慧"的含义，语言富有哲理，读后顿然，受益匪浅。

点评

尘世的喧嚣繁华容易让人迷失了自己。无论是否出自自己的本意，人们总会让自己的心沉沦在车水马龙、灯红酒绿之中，然后遗忘了心中原本干净纯洁的那一方净土。

有些人一辈子可能都会如此活着，看似充实快乐，实则内心早被寂寞的感觉填满，空虚无比，而又不知所措。

但庆幸的是，有些人能够幡然醒悟，舍弃那些原本就该舍弃的东西，然后寻找真正能让自己感到快乐的一种兴趣，一种职业，一种正确的人生态度。

佛谒：由戒生定，由定生慧。人生在世，有太多的选择。我们必须要懂得这样一个道理：舍得有限，才会赢得无限。

这个时代忙碌而又烦乱，人们如蚂蚁般穿梭于人群之间，又有几个人能真正地把心放静，找到属于自己的位置。

为自己的心点上一盏长明灯，站在红尘的边缘，找到应该走的路，找到通往梦想的方向。

远离那些使自己身心疲惫却并不必要的交际活动，保持一下安定、平和的心态，认真地思考人生的意义，拥有智慧，走向成功。

谢林娜 ◎ 评

知识链接

胡安·安东尼奥·萨马兰奇 (Juan Antonio Samaranch, 1920.7.17–2010.4.21) 侯爵，西班牙人，国际奥委会终身名誉主席。他长期关心和支持中国的体育事业，为中国1979年重返国际奥林匹克大家庭以及中国成功申办2008年夏季奥运会作出重大帮助。他曾担任国际奥林匹克委员会主席长达21年，任内成功推动奥运会商业化，让国际奥委会脱离财政危机。1984年洛杉矶奥运会上，他亲手颁发中国在历史上获得的第一枚奥运金牌。2010年4月21日，萨马兰奇病逝于西班牙巴塞罗那，享年89岁。

文／王 磊

明星的范儿 老虎的胆

时尚首相，明星的范儿

当年轻的英国新任首相卡梅伦正式宣布就职的那一刻，全世界的心脏都不由得跟着一颤，所有人的眼睛里都闪耀着惊讶的目光。谁能想到叱咤百年风云的大英帝国竟然会选出这样一位带着满脸阳光、如此年轻帅气的掌舵人！在人们的印象中，英国的政治家就和伦敦的天气一样老成持重，不是满头斑白的头发，就是被岁月不断雕刻的脸庞。而这个甚至带着点儿大男孩儿气质的新首相，无疑给政坛带来了一种新奇鲜活的感觉。

卡梅伦1966年10月出生于伦敦一个股票经纪人的家里，祖上是英国国王威廉四世的后代，所以他和英国现任女王伊丽莎白二世沾亲带故，是不折不扣的王室远亲。但是，比起他高贵的王室血统来，他的时尚范更是让英国人津津乐道。卡梅伦成长于伊顿公学和牛津大学，在英国不但是政治精英的标本人物，还是大众瞩目的时尚男。在英国最权威男性时尚杂志《GQ》"英国最佳着装男士"的评选中，卡梅伦荣登榜单的第二名，仅次于英国著名影星、最新007电影中邦德的扮演者丹尼尔·克雷格。无论是在公共场合还是私人聚会，卡梅伦的一举一动都显示出了与众不同的气质和风度，始终是媒体追逐的热点。

卡梅伦喜欢穿剪裁得体的西装，白色衬衫搭配领

文章开篇紧扣文题，一句话引出下文，对于卡梅伦宣布就职的描写。采用倒叙的方法写出了年轻的卡梅伦当选英国首相的出乎意料，引发读者阅读兴趣。

运用比喻的修辞，生动、形象地写出了政治家的老成，突出了时尚首相卡梅伦就任的新奇。

写出了卡梅伦高贵的身世，突出了他的时尚。

描写了卡梅伦的着装风格，与众不同的气质和风度，以及他的政策风格。

写出了卡梅伦对于政治的独特见解，表现了卡梅伦积极向上的态度和政治理念。

从卡梅伦夫人的时尚着装，侧面烘托出了卡梅伦的时尚风格。

总结上文，写出了卡梅伦夫妇对英国政坛带来了巨大的影响。引出下文，对卡梅伦的意志、品质进行描写。

带。衣领既不僵硬也不太松垮，领带既不宽大也不过窄。有评论说，他的穿衣风格是"既不想引人注意，也不想令人不愉快"，就像他的政策一样。他的着装都是出于国际设计大师的手笔，自身独特的魅力加上国际一流的着装，无论走到哪里都能渗透出强大的魅力磁场，丝毫不输给国际大牌明星们。

在各种采访中，卡梅伦的着装总会成为记者们最爱谈论的话题。在一次采访中，有人问卡梅伦会不会把太多的时间和精力都放在着装上，而在国家决策中分心。卡梅伦很绅士地回答道："我认为良好的着装也是政治的一部分，我希望用自己得体合身的着装和阳光向上的性格向我的国民传递这样一个信息——无论我们遇到了怎样的情况，英国人都能始终保持着着装的优雅和积极乐观的心态。只要拥有了身心两方面的美丽大气和坚持不懈，我们就能度过一切危机，带领着我们的国家继续创造辉煌。"

卡梅伦的着装理念和时尚想法还深深影响了他的夫人。通过对1334名年龄介于18-30岁的女性进行调查，"我的名人时尚"网站(MyCelebrityFashion.co.uk)评选出了全球政坛最会着装的女性。凭借着出色的混搭技巧和优雅的品味，英国保守党党魁夫人莎曼珊·卡梅伦胜过美国和法国的第一夫人，拔得头筹。

这对拥有明星范的首相夫妇，已经给英国政坛悄然地带来了一种全新的改变。

意志坚强，老虎的胆

英国人素以绅士著称，然而政坛上的激烈竞争却不会因为绅士风度而有丝毫的减少。卡梅伦刚踏入政坛没多久，就深深体会到了政治斗争的强悍与激烈。在刚刚进入保守党的那段时间里，卡梅伦一直坐着冷板凳，丝毫得不到别人的重视。面对一个个老谋深算能力出众的前辈，长相稚嫩年纪太轻的卡梅伦似乎只是一个旁观者，好像永远也不会走到舞台的正中央一样。

然而，所有人都低估了这个看上去像个大男孩一样的人。卡梅伦不动声色地在工作中拓展着自己的人脉，积累着相关的经验，提炼着自我的政治纲领。他十年磨一剑，不断地在提升自己。在竞选演讲那一天，当卡梅伦走上演讲台的时候，几乎所有人都没对这个年轻人给予太大的希望。在人们眼里，他只是一个踏实肯干的年轻人，除此之外，似乎就没有什么太闪亮的地方——要是非要说这个年轻人有什么让大家没想到的，那可能就是他竟然有勇气走上这竞争极其激烈的演讲。

卡梅伦缓缓地扫视了一下场下的听众们，在这一刻，他的面容沉稳安静，仿佛像变了一个人一样。他向所有人展示了自己的另一面，不同于以往的阳光乐观，那是一种能够令风云变色的大气豪迈。他的演讲激情澎湃，他的表情庄严肃穆，他的思路清晰顺畅，他的感染力让在场的所有人都不由得为之动容。

卡梅伦知道自己没有了退路，当他下定决心走上这演讲台的时候，他就已经没有了退路。这里，将决定着他人生的走向，或是失败的深渊，或是成功的天堂。很多才能卓著，胆量过人的政坛老将们都没有勇气站在这里，可卡梅隆以自己惊人的气魄和胆量做到了这一点。他不仅站在了这里，而且还为整个英国奉献了一场伟大的演讲。

他的胆量，气魄和才学彻底征服了在场的所有人。演讲结束后，全体保守党党员起立3分钟向他鼓掌致意。潮水一般的掌声经久不息，卡梅伦的眼睛里闪烁起了点点晶莹。再然后，他就毫无悬念地成为了保守党新一代的领导者。

正因为有了这老虎一样雄浑的胆量，卡梅伦才创造了这让人不敢相信的奇迹，以如此年轻的年龄当选成为了英国首相。

写出了初入政坛的卡梅伦被冷落的处境。

交代了卡梅伦虽被他人轻视，却不懈努力，不断为自己的未来打下了坚实的基础。

写出了站在演讲台上的卡梅伦与以往不同的一面，他沉稳、庄重，能够用自己的情绪感染他人。

写出了卡梅伦孤注一掷，勇敢地站在了演讲台上，侧面描写了他的胆量，为下一段做了铺垫。

卡梅伦孤注一掷赢得了掌声，他成功了，这成功是与他的胆量、气魄和才学紧紧联系在一起的。

点题，突出文章强调的重点，卡梅伦是凭借老虎一样雄浑的胆量创造出了人们不敢相信的奇迹。引人深思。

一个人到底凭借什么能取得成功？很多人都想知道这个问题的答案，《明星的范儿，老虎的胆》为我们讲述了英国年轻首相卡梅伦取得成功的故事，作者先从卡梅伦衣着时尚入手，写了他外表给人的印象——时尚先生，然后写出他与伊丽莎白女皇沾亲带故。起初，这个"时尚先生"并不被看好，还坐过冷板凳。那么，他是凭借什么取得成功的呢？无疑，文到此处，这是读者最关心的问题。然后作者为读者解开了疑问，卡梅伦凭借胆量、气魄和才学最终取得了成功。文章从设疑到解答疑问，点出主题，自然流畅，给人以启迪。

傅中卉 ◎ 评

═══ 知识链接 ═══

　　混搭英文原词为Mix and Match。混搭是一个时尚界专用名词，指将不同风格，不同材质，不同身价的东西按照个人口味拼凑在一起，从而混合搭配出完全个人化的风格。混搭就是不要规规矩矩穿衣。

文／仲利民

千万别洒水

我读中学时，家里还比较贫困，父母都是土里刨食的农民，成天劳碌也不见有多少收益。为了供我读书，父母除了种些粮食外，还另外种了块菜地，收的菜自己运到菜市场去卖，这样会比给菜贩子多卖几个钱，但是人挺受苦，需要在前天晚上就把收割的菜整理好，第二天凌晨就要起床去菜市场占位置，一直干到傍晚才能收摊。

奇怪的是，父亲把从地里割的菜只是摘除掉枯叶，清除掉根部的泥土后，就扎成捆。而我看到村里别的人家都是把菜洗干净，打扮得鲜嫩、清绿，我总是想不通一向勤劳的父亲怎么在这件事上懒惰起来。有几次，我提醒父亲也应该向村里别人家那样，把菜搞得漂亮些，争取卖个好价钱。可是父亲告诫我说："千万别洒水。"

假期里，我有时间也会帮父亲去卖菜，到菜场里，看到别人家的菜都是那样鲜嫩、水灵，而我们家的菜却是土头土脑，就像我和父亲土气的衣着一样。来菜场里买菜的人都喜欢奔那些鲜嫩的菜摊去，看到别人的菜卖得很快，而我们的菜却无人问津，我就忍不住埋怨起父亲来。想不到父亲并不着急，而是让我把菜价要得比别人稍低一些。终于有位年轻的妇人问价了，可是她反复地看着我们菜摊上的菜，还打开捆

文章开篇就介绍了作者自己的家庭环境，家中贫寒。因为如此，才有了作者跟随父亲卖菜的经历，才能在卖菜这样的小事中感悟到深刻的人生道理。

父亲与众不同的做法，使作者产生了疑问。众所周知，卖菜之前是要对菜进行简单处理的，但作者的父亲却没有那么做，引起了读者的阅读兴趣。

父亲说的话与题目相同，此处照应了题目。

作者将自家没洗的菜与其他家的菜进行了对比。洗过的菜鲜嫩水灵，而没有洗过的菜却土头土脑。作者说那些菜就像自己和父亲一样土气，隐隐地表达了对父亲卖菜方式的不信任和隐隐的自卑。

"终于"两个字表达出很长时间没有顾客来购买蔬菜作者焦急的心情，而且这唯一的顾客的态度也与其他店家的顾客形成对比。

父亲道出了他成功卖菜的原因。父亲的最后一句话充满了哲理，不要在意短暂的风光，笑到最后的人才是成功的人。

在作者父亲的影响下，作者变成了一个不追求片刻美丽的人。他懂得了父亲当年卖菜时给他讲述的道理，脚踏实地地努力工作，才有了属于他自己的成功。结尾扣题，再一次阐明道理，意义深远。

扎的草绳，仔细地翻开来看了看。看到她那样挑剔，我有些担心她拂手而去，可是当她要求菜价再低点时，想不到父亲一口咬定原来的价格，分文不少。正在我担心的时候，让人感到意外的事发生了，如此挑剔的妇人却买了我们的菜。

随着时间的推移，到我们菜摊来买菜的人越来越多，而原来别的摊上那些鲜嫩的菜已经变色，开始甩价卖了。来我们菜摊上买菜的人有的连价也不还就买，有的想还价，可是父亲咬定价格不放松，无奈之下，转遍了菜场还是来到我们这里买。等到过了中午，别的菜摊上那些菜有的已经腐坏，开始扔掉，可是我们的菜却仍然老样子，虽然土气，却散发着泥土的馨香。父亲告诉我：那些菜用水洗过，或者洒上水，刚开始看着鲜艳，可是它撑不了多长时间就会开始变质，等到过一段时间，就会腐坏掉。而我们不用水洗，虽然初始不好看，没有什么人欣赏，但是它能长久地保持一种本质的模样，后来居上。所以别在意那短暂的风光。

也许是经过父亲这些无声的熏陶的缘故，我大学毕业走上社会后，脚踏实地，一步一步按照自己设定的目标去努力，虽然在开始时受到许多制约，可是后来却因那段卖菜经历受用不浅，让我自始至终都能保持一颗平静、平和的心态去面对失败与成功，有信心去坚持实现自己的梦想。当我看到那些原来志得意满的朋友却在社会的大潮中被冲击得七零八落时，我就感慨万分。我感谢忠厚、诚实的父亲，并永远记住他的教诲：千万别洒水，不要在意那份短暂的风光。

本文通过一个普通的故事说明了一个很深刻的道理。作者家庭贫寒，所以父亲要靠卖菜来维持他们的生活。但他父亲卖菜的方式十分特别，卖菜之前并没有像其他人一样将菜精心打扮一番，而是简单地处理之后就拿去卖了。但是他的这种做法却还特别成功，他的菜都能坚持到最后全部卖出去。作者也从中学到了很多，所以后来才能有他自己的成功。作者要告诉我们的道理其实很简单，做事要踏实，做人要本分，以平常心面对一切，不必在意一时的风光。浇上水的蔬菜易坏，不浇水的蔬菜可以保存更长的时间。其实做人也是这样。时间会公正地检验一切，在时间面前，任何伪装都会苍白无力，而终被大众所抛弃。真正能够做到以本色面对自己，面对他人的人，他一定会是一位智者，也注定成功。作者希望人人都可以以自己的本色面对生活，面对一切，不要让自己沾上"水"，值得人深思。

周嘉奕 ◎ 评

＝＝＝ 知识链接 ＝＝＝

　　据估计，目前世界上有20多亿或更多的人受到环境污染而引起多种疾病，如何解决因环境污染产生大量氧自由基的问题日益受到人们关注。解决的有效办法之一，是在食物中增加抗氧化剂协同清除过多有破坏性的活性氧、活性氮。研究发现，蔬菜中有许多维生素、矿物质微量元素以及相关的植物化学物质、酶等都是有效抗氧化剂，所以蔬菜不仅是低糖、低盐、低脂的健康食物，同时还能有效地减轻环境污染对人体的损害，同时蔬菜还对各种疾病起预防作用。

文／去绝踪

砍树

"高谈阔论"写出我们自傲、自大、狂妄的神态。

开篇设置情节，引人入胜，吸引读者。

老教授的测试激发了大家的兴趣。

语言描写：通过描写老教授与我们的对话，使问题更加神秘，情节更为曲折。

反复写老教授不变的"笑"，其中蕴含深意，可以看出这是一个睿智、博学、乐观的人。

随着问题的深入，使我们更加疑惑。

上大学时，有一次我们去一个老教授家做客，那时正年轻，豪情无限，高谈阔论，仿佛世间之事无所不能。老教授一直微笑着倾听，不参与我们的种种话题。

待大家热情一过，老教授提出要做个测试，我们顿时都来了兴致。老教授问："如果你去山上砍树，正好面前有两棵树，一棵粗，另一棵较细，你会砍哪一棵？"问题一出，大家都说："当然砍那棵粗的了！"老教授一笑，说："那棵粗的不过是一棵普通的杨树，而那棵细的却是红松，现在你们会砍哪一棵？"我们一想，红松比较珍贵，就说："当然砍红松了，杨树也不值钱！"

老教授带着不变的微笑看着我们，问："那如果杨树是笔直的，而红松却七歪八扭，你会砍哪一棵？"我们觉得有些疑惑，就说："如果这样的话，还是砍杨树，红松弯弯曲曲的，什么都做不了！"老教授目光闪烁着，我们猜想他又要加条件了，果然，他说："杨树虽然笔直，可由于年头太多，中间大多空了，这时，你们会砍哪一棵？"

虽然搞不懂老教授的葫芦里卖的什么药，我们还是从他所给的条件出发，说："那还是砍红松，杨树都中空了，更没有用！"老教授紧接着问："可是红松虽然不是中空的，但它扭曲得太厉害，砍起来非常困难，你们会砍哪一棵？"我们索性也不去考虑他到底想得出什么结论，就说："那就砍杨树，同样没啥大用，当然挑容易砍的砍了！"老教授不容喘息地又问："可是杨树之上有个鸟巢，几只幼鸟正躲在巢中，你会砍哪一棵？"

终于，有人问："教授，您问来问去的，导致我们一会儿砍杨树，一会儿砍红松，选择总是随着您的条件增多而变化，您到底想告诉我们什么、测试些什么呢？"老教授收起笑容，说："你们怎么就没人问问自己，到底为什么砍树呢？虽然我的条件不断变化，可是最终结果取决于你们最初的动机。如果想要取柴，你就砍杨树，想做工艺品，就砍红松。你们当然不会无缘无故提着斧头上山砍树了！"

听了这番话，我们心中似乎都有所感悟，可一时又抓不住什么。老教授看着我们说："刚才听你们纵论天下之事，似乎无所不在话下。可是，当你们踏上社会之后，当许多事摆在眼前，你们便只顾着去做那些事，往往于各种变数中淡忘了初衷，所以也就常常会做些没有意义的事。一个人，只有在心中先有了目标，先有了目的，做事的时候才不会被各种条件和现象所迷惑，才不能偏离正轨。这就是我的测试，也是我想要告诉你们的！"

事过多年，我依然会时常记起老教授的那次测试，从而才能常常回顾心中最初的梦想，不在岁月匆忙中迷失方向。是的，如果没有目标或者忘了动机和起因，即使走得再远，也是歧途。

杨树：粗，普通，笔直，中空，容易砍伐。红松：细，珍贵，七扭八歪，不好砍。经过对比，不难发现，杨树与红松各有优劣，没有问砍树的动机是什么，根本无法做决定。

"虽然条件不断变化，可是最终结果取决于你们最初的动机。"老教授一语中的。"最终"与"最初"的联系是必然的，砍树就如人生在世，没有什么事是平白无故的。

"初衷"是做所有事的前提，即便有再多的变数，只要坚守自己的初衷，迎接你的也是一条阳光大道。

结尾升华主题，目标是人生的导航，亘古不变地追求，坚定一个目标，就不会被诱惑，回顾心中最初的梦想，就能走得更顺。

本文由老教授的一个测试娓娓道来，故事开篇，是作者的高谈阔论，自大狂妄，这与微笑倾听的老教授形成对比。后来随着测试的深入，我们百思不解，答案正是整篇文章的精华所在。

　　多么深刻的哲理，多么丰富的人性，不仅仅是一个问题的答案，更是人生的奥秘。做人不能忘了自己的初衷，一旦沿着错误的道路走下去，就只会一错再错，青春不复。一旦被世上的形形色色所诱惑，就再也不会看到未来的惠风和畅。

　　洗尽铅华的文字，精心曲折的情节，揭示深刻哲理。其不知，砍的并非是树，更是人们心中的私心妄念。

袁东旭 ◎ 评

知识链接

　　杨树：杨柳科杨属植物落叶乔木的通称。全属有100多种，主要分布在中国（江苏大丰杨树基地），欧洲（东非林场），亚洲，北美洲的温带、寒带以及地中海沿岸国家与中东地区。中国有50多种。木材用作民用建筑材、生产家具、火柴梗、锯材等，同时也是人造板及纤维用材。叶是良好的饲料。杨树又是用材林、防护林和四旁绿化的主要树种。

文／瘦尽灯花

有一种感觉叫怀念

二十年前七朵花，今天一下来了俩。

都是当年的大学同寝，一个老大，一个老六——各拖一片绿叶和一只小瓜。

绿叶当然是俩姐夫。大姐夫是律师，非常之有个性，一句话里三个陷阱，谈笑间"坑"人于无形；六姐夫是我们当年的辅导员，属于白面书生的那一款，如今面目越见白净官样。

最了不起是两个娃娃，还是十几岁的青嫩小瓜，个头居然都到了一米七八，他们在屋里一走动，我就觉得眼晕——我们家没有这么高的海拔。

可怜我家猫，没见过世面，一见人来，飞身逃窜，擦过的地板又光又亮，搞得它四爪打滑，挣着身子拼着往前纵，像《猫和老鼠》里面，追着老鼠疯狂跑的傻汤姆。好容易跑到小房间的门口，唰一个摆尾，没摆好，出溜溜来了个侧翻。

我说天色不早，咱们是吃正定的特色八大碗呀，还是去一家小店吃家常萝卜条馅的大包子，要不，吃香辣鸭头……结果两个姐夫一致把脑袋摇得叮铃当啷响。大姐夫说，我给你们煮面吧，我说，俺家没面；六姐夫说，那咱炒饼，我说，俺家没饼；他们又说，那包饺子，我说，俺家没白菜……

结果还是我妥协。从外边买了几斤熟肉，从婆家

绿叶是花的陪衬，瓜是花的结晶。这个比喻，生动形象地写出了两姐妹的丈夫和孩子所扮演的角色，也可见"我"与老友的感情深厚。

通过猫的一系列动作描写，可以看出地板擦得干净，衬托出"我"对姐妹的到来的重视。语言幽默、风趣。

决定"吃什么"使用了排比的修辞，既生动又有趣，为下文作铺垫。

拎两棵大白菜，六姐夫揎拳捋袖，剁馅去了。一案板的熟肉啊，六姐夫那么大个，虎虎生风，杀气阵阵，有点像《三国演义》里的锦马超。

馅剁好，拌得香香的，开始包。大姐夫擀片，供应我们三个。六姐夫累了，跑一边喝茶水，袖手旁观。就这样，两军对垒，堪堪打平。俩姐妹好命，摊上的全都是新世纪居家好男人。

与前面两个姐妹"各显身手"的"争斗"形成鲜明对比，显出一幅和谐的景象，渲染出一种祥和、热闹的气氛。

一边包着，熟肉白菜馅一丝一丝的香味往外氤，像香炉里的好香，丝丝绵绵，包裹住墙上挂的一幅小楷的《心经》。所谓"空不异色，色不异空，空即是色，色即是空"，这"色"，怕不止是粉脸乌发胭脂水，这个"空"，怕也不是敲破木鱼念破经。大人说说笑笑，小孩子挨挨蹭蹭，饺子皮一张一张往外甩，饺子一个一个包得像挺肚叠肚的大将军，一顿家常饭，平平常常，说说笑笑间，叫人忘却了世路风云，人情机变，这也算是"空"的一种吧。不过不是冥顽不灵、枯木顽空的"空"，而是"流水空山有落霞"的"空"。

运用反复的修辞，起了强调的作用。生动、形象地描绘出了喝酒的动作。反衬出喝酒的兴致很高。

饺子包出来，菜只随便配了几样，大姐夫一边念叨着"饺子酒好朋友"，一边端酒杯，吱一口，吱一口。旁边有老大端坐，双手交叠放在膝上，和老六、老七（就是我啦）谈笑晏晏。

这姐儿俩还是九八年结伴来过一次正定，到今年的今天，中间相隔了十一年。

两组对比，体现出时间在变，人也在变，随着时光一天天地流逝，人也一天天地变得更成熟、稳重。

十八年能等老一个王宝钏，这十一年时间，却也各自变幻了些面容。彼此各有光景，首尾不能相望，想着时光如水，真能把一份同寝之情冲刷得如同枯骨，无肌可附，可是甫一见面，今日容颜便立马叠加上昔日容颜。如今这个轻声慢语、雍容华贵的太太，原来还是当年那个佻达俏丽的老大；如今这个言语间情致宛然，体态端庄大方的女子，也还是当年那个生在六一儿童节，偏又长保童心无限，且长了张俏皮的鸭子嘴儿的老六，她当年的招牌动作就是脑后一只马尾小辫一甩一甩，两只小手一乍一乍。我过去是，现在仍是叨陪末座,行七的一根狗尾巴花。

自兹挥别,各自登车,恋恋不舍。原来,这个世界上,真的有那么一种感情,不需要费力维系,不劳驾时时想起,只要回首,就惊觉它还在那里。像是一面刻着花的透明水晶面板,平平地铺在光阴里面,透过它,可以隔空看到无遮无碍的世界。可是,若是在光阴里铺一片黑绒布,这块水晶面板上面的花纹,马上凸现,丝丝缕缕,皆是过去的时光。这种感觉,大概就叫怀念。

运用比喻的修辞方法,把感情比作透明的面板,作者用两种方式去待它,它也会展现给人不同的效果,就看人们如何去看待它。结尾升华了主题,引人无限退思。

本文表面上在写与两姐妹多年未见后的一次见面,实质上是想写姐妹之间一种可贵的情感,这种感情不需要费力地维护,但看你如何去看待它,如果你回头,就会发现,那情就在姐妹兄弟亲人之间,不增不减。其实情是时时刻刻都存在的,尽管是不需要去维系,也要珍惜,不能忽视。

曹瑞君 ◎ 评

▰▰ 知识链接 ▰▰

饺子源于古代的"角子",原名"饺耳",相传是我国医圣张仲景首先发明的,距今已有千年的历史。据说在东汉末年,"医圣"张仲景曾任长沙太守,后辞官回乡,正好赶上冬至这一天,他看见南洋的老百姓饥寒交迫,耳朵冻伤,而且伤寒流行,病死的人也很多。张仲景便在当地搭了一个医棚,支起一面大锅,煎熬羊肉、辣椒和祛寒发热的药材,用面皮包成耳朵形状,煮熟后连汤带食赠送给穷人。老百姓从冬至吃到除夕,抵御了伤寒,治好了冻耳。这种面食即为最初的饺子。后来,饺子发展成我国有名的民间吃食,老百姓有"好吃不如饺子"的提法儿。如今,饺子已走向世界,深受世界各国人民的喜爱。

文／顾晓蕊

爱从青丝到白头

将年轻时的母亲比作一朵娇艳的山茶花，生动形象地写出了母亲年轻时的美丽动人。

母亲年轻的时候，秀美的脸庞，粗黑的长辫，像一朵娇艳的山茶花。不断有人上门提亲，都打动不了她的心，直到后来遇到父亲。

父亲是一名军人，随部队长年驻守海岛。有一次他回乡探亲，奶奶托媒人从中说和，领着母亲来家里相亲。眼界极高的母亲，见到父亲的那一刻，竟有似曾相识的感觉。

从母亲"红着脸"的神态中看出了母亲羞涩的少女情怀。从母亲"轻轻地点头"的动作中可以看出母亲对父亲真挚的情感，虽知会受苦，但仍坚持跟随父亲，愿与父亲同甘共苦，突出了父亲与母亲之间爱情的坚定不移。

后来听母亲说，她之所以看上父亲，是被他眉宇间的英气打动，那是军人特有的气质。父亲曾对母亲说："当军属不容易，你要想好，跟着我会吃苦的。"母亲红着脸轻轻地点头。

通过环境描写渲染了父亲迎娶母亲时甜蜜的气氛。

两年后，父亲骑自行车迎娶母亲，母亲穿着大红的衣裙，稳稳地坐在车后。夏日的微风如香醇的老酒，醺得空旷的田野都醉了，母亲揽着父亲的腰，露出蜜一般的笑容。

婚后，我和弟弟相继出生。家有年事已高的老人，又拖着两个年幼的孩子，生活的重负落到母亲肩头。母亲总是很忙，家里的活，地里的活，压得她透不过气来。

从"读了又读"和"眼里泛起亮亮的光"写出了母亲对父亲的无限思念与真挚的爱。从母亲的回信中可以看出母亲的体贴，细心，坚强，不希望父亲为家中的事费心，流露了母亲对父亲的浓浓爱意。

偶有部队来的书信，母亲读了又读，眼里泛起亮亮的光。母亲在如豆的灯光下，给千里之外的父亲回信，结尾总要注上八个字：家中皆好，不要挂念。

那是70年代末，日子过得很艰难。有一年初春，我患上严重的腿疾，整日啼哭不止，母亲背着我四处求医。家里连饭都吃不饱，哪有钱瞧病，母亲求了又求，大夫才同意诊治。

亲戚劝母亲："拍个电报，让孩子父亲回来一趟。"

母亲轻轻地摇头，说："部队训练很紧张，他回来一趟不容易。"母亲每天给我熬中药，背着我步行十几里山路去做针灸，我的腿渐渐恢复了知觉。

"世上还是好人多。大夫听说我是军属，不仅治好了孩子的病，还减免了医疗费。"半年后，母亲带着我们随军来到部队，第一次提及此事，父亲眼前罩上一层薄雾。

到部队大院后，父亲每天早出晚归，无暇照顾家里。母亲白天去山上砸石子，晚上倚在床头绣花，挣些钱补贴家用。

日复一日的操劳，让母亲的腰杆不再直挺，细细的褶皱爬上了眼角。可是母亲极少抱怨，每当父亲回到家，母亲跛着鞋跑去开门，然后端上热腾腾的饭菜。

父亲是心疼母亲的，记得有一次，父亲进家，把母亲喊到跟前，掏出几块水果糖。这是部队联欢时别人递给父亲的糖，他不舍得吃，拿回来让母亲尝尝。

父亲剥开彩色的糖衣，捏起糖块放进母亲嘴里，动作温和而轻柔，母亲忍不住眼角泛潮。爱情如糖，这一点点甜，在她心里慢慢化开，多年的劳碌、委屈、寂寞、隐忍都变得微小，不值一提。

母亲已不再年轻，一辈子不服输的她，开始跟疾病抗争。她自嘲地说："日子越过越好，身体却不争气。"素日讷言的父亲，变得絮叨起来。出去半日，不停地往家打电话，一会儿问中午吃什么饭，一会儿问母亲在忙什么。

母亲说："我没事，你别总惦着。"撂下电话，继

从母亲的语言描写和动作描写中体现了母亲对父亲的理解，表现了母亲善解人意，坚强的性格，母亲不愿给父亲增添烦恼，表现了父、母亲之间真挚纯洁的爱。

母亲此时的外貌描写与文章开篇时的描写形成鲜明的对比，容貌发生了巨变的母亲依然无怨无悔，体现了母亲的贤良。

父亲把舍不得吃的糖留给了母亲，体现了父亲对母亲的爱。

"剥"体现了父亲对母亲的体贴，从"温和而轻柔"写出了父亲的细心与呵护。处处体现了父亲对母亲的爱。

将爱情比作糖，母亲心中的甜意便是来源于父亲对她满满的爱，写出了父亲与母亲之间爱情的甜蜜。突出了他们两人之间爱情的坚贞和伟大。

父亲因关心母亲的身体而变得絮叨，这絮叨是爱的声音，是爱的语言，是爱的体现。

续忙碌。她知道，父亲在用一个个美丽的借口，打探她的身体是否不适。多年来的相濡以沫，使他的心里装着她，放不下她。

饭后，母亲泡了杯清茶，递到父亲面前，两人坐在那里闲聊。

父亲说："真快。"母亲笑着说："是啊，半辈子就这样过去了。""跟着我，让你受苦了。""不苦，其实你也不容易。"两个人不再说话，默默地对视。我在一旁看得眼热，侧过身去，悄悄地抹泪。

这就是爱，从青丝，到白头。他们之间没有华美的誓言，只是相互扶持着往前走。漫漫人生路上，不管经历多少困苦，只要有爱随行，就已足够。待到青春不再，容颜老去，爱已被放进记忆的书页，静静地香。

结尾扣题，总结全文。写出了父亲与母亲之间平淡而长久的爱情，深化文章主题。

文章开篇直入主题，从父亲与母亲的相识写起，一直写到了两人老年后的相守。母亲由"娇艳的山茶花"变成了"褶皱爬满眼角"的家庭主妇，但父亲的爱依旧不变。父亲由英气的军人变成了"絮叨"的老人，但母亲的爱坚定不移。两个人貌似平凡的"从青丝到白头"的相偎相依，却不知羡煞了多少世人。文章充满真情实感，将读者领进了爱的殿堂，再次接受了爱的教育。

于之皓 ◎ 评

知识链接

古代青丝的含义：

1. 青色的丝线或绳缆。《乐府诗集·相和歌辞三·陌上桑》："青丝为笼系，桂枝为笼钩。"《乐府诗集·杂曲歌辞十三·焦仲卿妻》："钱三百万，皆用青丝穿。"唐代温庭筠《晚归曲》："青丝系船向江木，兰芽出土吴江曲。"

2. 指马缰绳。南朝王僧孺《古意》诗："青丝控燕马，紫艾饰吴刀。"唐代杜甫《前出塞》诗之三"走马脱辔头，手中挑青丝。"宋代刘过《贺新郎·赠张彦功》词："岚湿青丝双辔冷，缓野梅江路。"清代徐惮《湖上赠夏卤均》诗："青丝一骑出长安,明圣湖头把钓竿。"

3.喻指黑发。唐代李白《将进酒》诗："君不见高堂明镜悲白发,朝如青丝暮成雪。"明代陈汝元·金莲记·捷报》:"红颜凄楚风尘,挽青丝龆龀年华。"苏曼殊《为调筝人绘像》诗之二"淡扫蛾眉朝画师,同心华髻结青丝。"周而复《上海的早晨》第四部五十:"如同少妇的青丝随风飘扬,散发出一股沁人肺腑的清香。"

4.借指妙龄少女。明代梁朝锺《将出皖留别杨六符沉乃功唐圣俞徐誉星》诗:"群公缟带遗·吴·锦,幕府青丝唱《渭城》。"

5.指琴弦。唐代刘长卿《杂咏·幽琴》:"月色满轩白,琴声宜夜阑。青丝上,静听松。"

6.借指垂柳的柔枝或其他植物的藤蔓。北周朝王褒《奉和赵王途中五韵》:"村桃拂红粉,岸柳被青丝。"唐代杜审言《和韦承庆过义阳公主山池》之二:"绾雾青丝弱,牵风紫蔓长。"明代谷子敬《城南柳》第四折:"枉了你千条翠带长,万缕青丝。"明代夏完淳《题昆山水月殿》诗:"青丝天棘风流在,如见当年树林。"

7.借指初生的韭菜。唐代杜甫《立春》诗:"盘出高门行白玉,菜传纤手送青丝。"仇兆鳌注:"诗言青丝指韭,良是。"宋代范成大《朝中措·丙午立春大雪是岁十二月九日丑时立春》词:"青丝菜甲,银泥饼饵,随分杯盘。"

8.指用青梅等切成的细丝。常加入糕点馅内,或放在糕点表面作点缀。

9.见"青丝白马"。

第八辑

幸福一定会来敲门

　　人生有了目标就要全力以赴。机会不会亏待任何人，只要你去奋斗，去坚持，去用一颗富有责任和关爱的心追求，幸福一定会来敲门。而你，做好迎接幸福的准备了吗？

文／马国福

总有一些
时刻属于自己

在一家饭店看到这样一副对联：为名忙，为利忙，忙中偷闲，且喝一杯茶去；劳心苦，劳力苦，苦中作乐，再斟两壶酒来。

那次晚饭后看到这副对联，我心中长期淤积的郁闷瞬间烟消云散。真的，我们常常感慨自己活得很苦，过得很累，因为我们的眼睛总是紧紧盯着上面，盯着一些遥不可及、与心灵和生命的闲适无关紧要的东西。我们常常以物质的丰足、名利的高低来衡量幸福的尺度，可是有了名利我们并不一定能够真正幸福快乐，我们仍然要不断地忙碌、奔波、劳动。而真正能让我们感到幸福的是当下的那份实实在在的拥有，比如忙中偷闲的一杯茶，苦中作乐的两壶酒。

一位在政府机关当科长的朋友给我讲过这样一件小事。他每天与没完没了的呆板枯燥格式化的公文材料打交道，每天被官话、套话、空话、废话包围。上班的时候，他的每根弦都绷得紧紧的，没有一天不感到疲惫。有一次他写材料写久了，头目发麻、四肢僵硬。他上厕所时无意中顺便带了一张报纸。在短短的几分钟时间，他从一张报纸上浏览了一些轻松的幽默漫画、给人启迪的心灵小品、短小精悍的故事。他从

引出自己的中心论点，表达出作者对名利的态度，为下文作铺垫。

表明自己的观点，将作者内心的变化展现出来。

举生活的真实事例，亲切而有说服力。

忙，已经成为一份调味剂，不可缺少，无法躲避。

从侧面烘托出忙里偷闲是另一种能力，让紧张的心放松下来。

转变，从心态上的一种转变，需要勇气，给读者一种惊喜。

举生活中的例子。细节描写、神态描写让人感到温馨与亲切，静谧与安详。

喧嚣的事情在喧嚣的世界中突然静寂了，拥有自己的清静，成就自己一种生活态度。

中发现了工作的乐趣，上厕所的短短时间竟给了他前所未有的乐趣、闲适和收获。

从那天起他的心态大不一样。后来，他经常利用上厕所的时间看一些自修的书和自己感兴趣的书报。现在他一直保持着这种习惯，他说，这些时刻属于自己，是谁也无法剥夺的时刻，尽管很短，但意味却深长。目前，我的这位朋友已通过本科自学考试，正在报考研究生，他说成绩的取得离不开每天数次的小解。

在不多的时间里他把工作的重压变成人生的闲适，他把学习的紧张变成轻松的享受，他把人生的负数化成进步的正数，他在单调的环境里发现了生活的乐趣。

有一天中午我在菜市场门口看见一个蹬三轮车的老人，他把车停在路边的一片树荫下，斜躺在破旧的三轮车靠背上抽烟。抽着抽着他竟然睡着了。他睡得很安详，脸上的倦容依稀可见，手里的卷烟着完了他浑然不知，他用被烟熏得发黄的手指夹着燃烧完了的烟把，烟灰悄然落在他洗得发白的衣襟上。

我驻足细细观望这位老人，他闭着眼睛露出笑容，他的笑容很真实、很满足。也许他在做梦，梦见了一天的劳累带给他的不多的收入。闹市的吆喝、车辆行人喧嚣似乎离他很远很远，烈日的毒辣、盛夏的高温仿佛与他无关。他在现实主义的生活中仍然做着浪漫主义的梦。这一幕让我看得很温暖、感动、佩服。

我想不论是朋友上厕所的时刻，还是三轮车夫在闹市小睡的时间，这些都是属于他们心灵的时刻。朋友在方便的时候寻找着人生的突破口，疏通着被压抑环境堵塞的幸福的出口；车夫在小睡的时间里化解着生活的重担落在肩膀上的压力，积蓄着让家人生活得更好的力量。这些时刻对他们而言是或多或少的时刻，但是朋友选择了让心灵闲适的"多"，多学习、多轻松,放弃了让名利增加的"少",少争名,少夺利;车夫选择了让身体轻松的"多",多休息、多享受,淡化了让收入上涨的"少",少奔波、少悲观。但是,正是这种源自真实心灵的多少换算,满足了他们从从容容的追求,平平淡淡的幸福。

　　总有一个角落属于我们,用来安放疲惫忙碌的心灵,以及追求进步的力量。

　　总有一些时刻属于我们,用来换算触手可及的幸福,以及储存生命的闲适。

表明作者的观点,给自己一份清静,还自己一份清闲,可以让心静下来,完成一份生活美丽的图画。

升华主题,画龙点睛,引人深思,发人深省。

点 评

　　一篇宣传在喧嚣中沉淀的美文,让我们的心忽然冷静下来了,为自己找一份冷静的殿堂,空空的,一个人,或在高空飞翔,或独处冷静,为生活寻一份能力,繁忙中的梦呓。

　　让自己困乏,得以摆脱,从衰老和疲惫中让自己幸福起来,没有清闲的生活不叫生活,没有忙里愉闲,苦中作乐的生活不叫生活。疲惫只是肉体的感受,不要让心累了,要让心动,勇敢地承受,细腻起来,感受世界的美丽与生机,感受酸甜苦辣人生百味,不要麻痹、不要沉睡、伸伸筋骨站起身,品一杯香茗,斟两壶酒来,轻松从心中溢出。

梁师豪 ◎ 评

知识链接

　　"为名忙,为利忙,忙里偷闲,且喝一杯茶去;劳心苦,劳力苦,苦中作乐,再倒一杯酒来。"人生很忙也很苦,但再忙也不要忘了喝杯茶,再苦也不忘饮杯酒,这不是及时行乐,而是将艰辛的生活过出一丝快乐来。曾有这样一副茶联:"山好好,水好好,人亭一笑无烦恼;来匆匆,去匆匆,饮茶几杯各西东。"

文/薛　峰

幸福一定会来敲门

克里斯·加德纳是一个医疗器械推销员，他的工作就是拎着扫描仪穿梭于各个街头，四处去推销，但这玩意有时候两个月都卖不出一台。他一家三口人，妻子和儿子。妻子在工厂工作一天要干16个小时，日子过得比较贫困，常常受到房租等各种经济压力。克里斯决心要成为股票经纪人，但是对于只有高中学历而又没有任何经验的他来说谈何容易，转行到股票业的6个月实习期间没有任何收入，他家很快破产了，妻子琳达离他而去。从此，五岁的儿子小克和他相依为命，过着一段颠沛流离的漂泊生活，靠领救济度日……

这就是《当幸福来敲门》讲述的故事，看后让人流泪。对于每一个在街头匆忙行走的人来说，这样的故事，最能打动人心。因为，或许你，就是故事的主人公。

在家里，克里斯被自己的妻子否定；工作上，他向医生推销产品屡被拒绝，想转行却被人看不起；生活上，他必须面对沉重的经济压力，房租、幼儿园费等。但是，他依然很勇敢地面对每天，他对每天都有着乐观的期待。

整个影片留给我印象最深的是奔跑，每次看到克里斯出现在街上时都是在奔跑，奔跑追人、被人追、

开篇交代人物背景，人间所悲之事全部降临于此，为下文埋下伏笔，能够坚持下来的人必然能够成功。

生活带给人们的总会是困难与羁绊，但也是挑战。

奔跑如飞，就像失意的人拥有翅膀而无所不能，电影中的奔跑也是象征主人公的坚持与努力。

赶时间等,似乎他没有时间走路。奔跑成了他生命的一种状态,用他自己的话说就是"我生活的这一部分,现在的这一部分叫做疲于奔命"。电影中有一句话常挂在克里斯嘴边,那就是《独立宣言》里的一句话:每个人都有追求幸福的权利。为了追求幸福,他从来没有妥协,就算他的爱人离开他,就算在被赶出汽车旅馆之后,他坚定的希望仍支撑着他,在最困难的时候,他和他的孩子睡在庇护所,站台,甚至厕所。在篮球场上,他对儿子说:"如果你有梦想,就要守护它。"功夫不负有心人,克里斯最终凭借自己的努力,脱颖而出,获得了股票经纪人的工作,后来创办了自己的公司。

> 运用引用的修辞,从侧面烘托出主题,使之更有震撼力。

电影给我的震撼不仅仅是主人公的坚强和毅力,还有一种真诚、责任和爱。克里斯对儿子的爱使人感动,那晚,他们父子无处可归,只能待在厕所里过夜,当有人踹门要进厕所时,他一边捂住熟睡的儿子的耳朵,害怕吵醒他,一边用脚顶着门,一边默默流泪。那种爱是无法比拟的,从他的怜惜的眼神,无助的眼泪和为生活的劳碌奔波上,我看到了最无私的爱。也是这样的爱,支撑着他在困难的时候毫不动摇。而儿子回馈他的,也是全部的信任。在外流浪的几个月里,儿子始终跟着他,那双稚气的眼睛里流露出的是坚定的支持。最终,他们等到了幸福前来敲门的时刻。

> 运用语言描写,反衬出主人公坚定的决心。

> 眼泪是人情感的表达,如果足够努力,那么爱一个人的心是不会变的,那么为了这个人,主人公的幸福也随之而来。

幸福是什么?当克里斯被告知明天来上班时,他的眼中瞬间就涌满了泪水,他走出来,站在人来人往的大街上,喃喃自语:This is little part, it is call happines(这短暂的一刻,叫做幸福)。那一刻,苦尽甘来的释放,令他体验到了幸福的滋味。他知道,幸福已经敲响了他的门,他抓住了。

在街上奔走中,儿子给父亲讲了一个笑话:一个基督徒落水了,可他不会游泳,就在水中挣扎,这时来了一条小船,船上的人问他需不需要帮助,他说:"不用了,上帝会救我的。"小船就走了。然后,又来了一条大船,船上的人又问他需不需要帮助,他依然说:"不用了,上帝会救我的。"最后,他淹死了,上了天堂,他责备上帝为什么不去救他,上帝叹道:"你这笨蛋,我派了两条船去救你啊。"

升华主题,画龙点睛。当幸福来临时,请你抓住,上天不会多宠爱你,但也不会放弃你,只要你此时相信,那么幸福下一秒就会降临。

人生有了目标就要全力以赴。上帝不会亏待任何人,只要你去奋斗,去坚持,去用一颗富有责任和关爱的心去追求,幸福一定会来敲门。而你,做好迎接幸福的准备了吗?

点 评

只要你相信,幸福就会降临。

文章中的主人公的穷困与潦倒,使他的家庭也变得不再完整,而他并没有因此而倒下,反而是坚强去面对。奔跑的姿态,影射了他努力奋斗、拼搏的精神。为了他爱的儿子而去全力以赴。"如果一个人有了想保护的人,那么他就会变得无比强大",所以他就会在生活的磨砺中寻找到幸福。

幸福一定会来,你只需要抓住它。

魏萌 ◎ 评

═══ **知识链接** ═══

《美国独立宣言》(United States Declaration of Independence),为北美洲十三个英属殖民地宣告自大不列颠王国独立,并宣明此举正当性之文告。1776年7月4日,本宣言由第二次大陆会议于费城批准,当日兹后成为美国独立纪念日。宣言之原件由大陆会议出席代表共同签署,并永久展示于美国华盛顿特区之国家档案与文件署(National Archives and Records Administration)。此宣言为美国最重要的立国文书之一。

文／马国福

烟盒里的人生观

单位门口是闹市区，常有三轮车夫在此路段等客、拉客。大热天口渴时他们常常到门卫老头那里要杯水喝。一来二去他们不但和门卫老头成了熟人，而且和常到门卫拿稿费和书报的我混了个面熟。

有一次我到门卫拿杂志社新近汇来的稿费，恰逢一前来要水喝的老车夫。他主动和我搭讪，并从兜里掏出香烟给我发烟。他掏出的烟盒很是让我惊讶，他掏出的是20元一包的"金南京"！在我们的心目中，一天只挣一二十元的他们通常情况下只抽一两元钱的廉价烟，根本舍不得抽这种高档香烟。我觉得这个老车夫很特别。

接过他的香烟，我仔细一看原来是一角钱一枝的"大前门"。我笑了笑："老爹，你也很有意思啊，能从两元钱一包的香烟中抽出20元一包的香烟的味道。"他露出憨厚而又很拙朴的笑容说："想想自己能抽20元一包的香烟，最起码心里感觉不一样嘛。尽管壳子是20元的包装，里边的香烟只是廉价的，只要心怀20元的感觉，即便再难抽的香烟同样会有很舒服的感觉，这样登车就感到浑身有使不完的劲儿"。

他的话很让我震撼！我为自己妄自菲薄的猜测而感到脸红。

点上他给我的香烟我有一种异样的感觉。签字

文章开篇朴实、平淡，但文章的题目却是吸引读者的中心亮点。引起悬念。

为后文老车夫是代课教师作铺垫。

作者也赞同此观点，点明主题。

作者听完这句话的感到出乎意料，毕竟自己也是文人，对于马路上随便一个老车夫都能说得头头是道的言语，"我"很震撼，一瞬间又为"自己妄自菲薄的猜测而感到脸红了"。

第六段作者从"震撼"到"肃然起敬",表达出来作者的好奇,想见一见他儿子的念头,为后文作铺垫。

接过门卫给我的百元稿费单,我上楼办公。上楼时登车的老爹向我翘起大拇指,说:"小小年纪拿这么多的汇款,了不起!"我赶忙给他发了一支20多元的"金南京",以表示感谢。

后来听门卫老头说那个车夫真不简单,老婆常年卧病在床,还供一个上名牌大学的儿子上学。我对他乐观的心态肃然起敬,怪不得他这么有精神,原来在沉重的生活担子下他有着常人所不具备的资本啊。我萌生了有朝一日见见他儿子的念头。

有一个下午,快下班的时候,突然下起了倾盆大雨。路上的行人纷纷赶到单位一楼的楼檐下躲雨。刹那间,大街上积满了雨水,很少看见行人了。我下班后到门卫拿刚到的晚报,那个登车的老爹在门卫那里躲雨喝茶。大雨早已淋湿了他,雨水在他像梯田一样纵横交错的皱纹间缓缓流下。我问他今天拉客怎么样,他说不怎么样,凑凑合合。说完他又给我掏香烟,这次他掏的香烟更上档次,是50元一包的"中华",我以为里面装的还是几元钱的廉价香烟,出乎意料的是真的"中华"香烟。这巨大的反差让我有点纳闷。

从语言描写,烘托出老车夫骄傲、满足的情感。

他自豪地说"儿子放假回来,得了一等奖学金,是儿子买给我的!"那神情十分夸张、骄傲,眉宇间洋溢着喜悦、满足。我说:"你儿子真孝顺啊!"他未置可否。

从细节、语言、动作描写上都能表现出父亲对儿子的教导,儿子对父亲的尊敬。父慈子孝。

我正在抽他的烟,一个穿着雨衣白白净净一脸书生气的小伙子走进传达室,对着老爹说:"爸,回家吧,今天你不用登车,我来登车拉你回家。"说完拿出纸巾,给老爹擦去脸上的雨水。老爹拉着儿子的手说:"叫叔叔好。"他腼腆地叫了我声"叔叔好!"我说:"都是同龄人,叫我哥哥好了。你爸爸真了不起啊,培养了你这样一个孝顺、懂事的大学生。"

这句话是文章中的主旨句,承上启下,也是让我们期待已久的结局,人生观哲理。耐人寻味,发人深省。

出门时他突然给我说了句让我惊诧不已的话:"多年前我爸爸还是个代课教师呢,他说过如果不能拥有美好的人生,那一定要有美好的人生观!"

儿子登车，老子坐车，望着渐渐消失在茫茫大雨中的父子俩，这感人的一幕让我的眼睛慢慢湿润起来。

　　那句话深深地烙在我心中：如果不能拥有美好的人生，那一定要拥有美好的人生观。我终于明白了老者为什么在高档的烟盒里装廉价的香烟：他以一个香烟盒为工具，把人生的减法变成加法，把生活的负数换算成正数啊。

结尾揭示主题，升华主题，是画龙点睛之笔，引人遐思。

　　穷人的精神境界常是富人无法比拟的，他们之间就像一条无法逾越的鸿沟，那里就像一堵城墙，里面的人过着幸福宁静的生活，不愿出去；被紧紧拦在外面的人过着富有，日日夜夜都充满争斗的生活，而穷人的生活有乐观，有感恩，有孝顺，这正是文中老车夫20元的香烟装着一支支廉价的却充满知足味道的香烟，也许有一天我们终究明白，自己想要的是哪一种生活！

刘力铭 ◎ 评

知识链接

　　北京人称位于天安门广场南侧的"正阳楼"为"前门楼子"，大概就是前门的俗称了。

　　建于明永乐19年（1421年）的城楼，是明清两代北京内城的正门。1949年2月3日北平解放，人民解放军在此举行入城式，使古老的正阳门焕发了青春。

　　"大前门"的牌名即是取之于此，其图案亦正是正阳门的雄姿，副图是建于明正统4年（1439年）的箭楼。在"前门"加了个"大"字，也许是为朗朗上口。建国之前的早期烟标中以"大"字为头的不少，但"大前门"从产生至今，可说是最响亮最成功的牌名了。"大前门"无愧于独树一帜。

文／笨笨熊

"凶手"你一定要平安

二叔家出事了。

早晨，明媚的秋阳，灿灿地爬上屋脊，二叔却像霜打的茄子，耷拉着脑袋，一脸戚戚地蹲在羊圈里。身边一片血腥狼藉，几具血肉模糊、肢体残缺的羊，瞪着一双双无助的眼，倒在血泊中。充满羊膻味和血腥味的空气中，游荡着一丝令人不安的恐惧。

运用拟人、比喻的修辞。一个"爬"生动形象地写出了阳光的懒散。把二叔比作"霜打的茄子"写出了二叔萎靡不振的样子。

"俺和谁都没结过仇，谁这么狠毒哇！"二叔眉毛皱成两坨疙瘩，愤怒地抱着没了身子的羊头。这百十头羊，是二叔的银行和希望，二叔就像爱护孩子似的伺弄着它们。腊月，山外饭店、宾馆的卡车来收羊，一头羊，可以卖到500块人民币。不但一家人能置身新衣裳，买鱼买肉，过个丰裕年，且大柱、二妞的学费，全都有了着落。可，昨夜，不知哪个没人性的贼，一口气"屠"了五头。五五两千五……过年的新衣裳没了。

写出了这些羊的价值及重要性，虽然把钱的用处交代得特别清楚，可能显得啰唆，但细细品读，却别是一番味道。

省略号用得恰到好处，具有小品的意味。有一种无奈的感觉。

乡亲们一边安慰二叔，一边分头勘察案发现场。最终，在羊圈围墙外通向山里的土路上，发现几行巴掌大小的圆足印，愣是看不出是啥东西。老猎户寻出一只锈迹斑斑的兽夹，埋在围墙和土路的交接处，盖上枯枝烂草。当晚，二叔手握铁叉，守在羊圈里。由于白天的劳累，二叔熬到凌晨一点多，迷迷糊糊睡了过去。突然，被一阵奇怪的吼声惊醒。

通过二叔的不辞辛苦突出了羊的重要。更加突出了二叔家的贫困。

二叔一手拿着手电,一手提着铁叉,小心翼翼,提心吊胆地攀到围墙上一看——天呐! 一头一米左右的小野生金钱豹,正瞪着绿莹莹的眼,龇牙咧嘴。嘶嘶地朝他咆哮。仿佛在说:"暗器伤人,不是好汉。"

外貌描写,写出了金钱豹的凶猛。

二叔跌跌撞撞奔到老猎户家,说:"咱……伤……伤了一头小豹。" 二叔捕到金钱豹的新闻,像晨曦一样,播散开来。乡亲们看西洋景似的纷至沓来。然而,二叔心里却没有半点复仇后的快意和喜悦。他想:野生金钱豹是国家一级保护动物。山里近年退耕还林,它们才悄悄"搬迁"来,虽然吃了几头羊,可咱作为主人,能这样对待它们吗,况且它还是一个"孩子"……思来想去,二叔自责地拿起电话。二婶一把摁住,紧张地说:"娃他爹,你想去坐牢呀?"二叔犹豫了,迟疑了……

生动形象地写出了消息传递的速度之快。

心理描写,写出了二叔的善良。

可是,当他看到小豹痛苦、哀戚的神情时,自责、内疚又袭上心头。终于,二叔拨通了林业局电话。很快,两辆吉普车,载着动物救助站的专家、设备,火速赶到现场。

此时,写出了二叔内心的纠结,怎么做都有坏处。这是一次良心的拷问。

他们站在墙头,远距离对小豹实施麻醉后,将它抬进铁笼子。看着吉普车匆忙离去,扬起的灰尘,二叔心里阴了天一般灰暗。虔诚地闭起眼,朝小豹的背影,合掌祷告:"祖宗保佑,保佑你一定平安无事。要不,我一辈子心不安呐。"

在一阵内心战斗后,二叔终于做了正确的选择,拯救了一只金钱豹的性命。体现出二叔是善良的。

救助站工作人员,想方设法给小豹受伤的腿进行消炎。可是,苏醒过来的小豹,非常不友善、根本无法靠近。随着时间的推延,工作人员惊异地发现,小豹的眼球,暴暴地凸在眼眶外。这是颅压不断增高的迹象,如果再不采取合理的措施进行救治,小豹很快就会死亡。

心理描写。比喻修辞。生动形象地写出了二叔的自责与良心发现。

写出了小豹对人们的防范。

专家决定给小豹打点滴。可是,聪明的小豹对爪子防范甚严。就在一筹莫展之际,一个工作人员见小豹注意力集中在爪子上,而"冷落"了挂在铁笼外的尾巴。于是灵机一动,决定在尾巴上输液。可是,接连扎了两针,都找不到血管。几近绝望时,她试着扎下第三针,欣喜地看见有殷红的回血。大家长长地舒了一口气。

从侧面烘托出大家都在替它着急。

小豹救治的日子里,平素一个月只打一两次电话的二叔,天天上午、下午,给动物救助站打电话,急切地询问小豹的伤势,然后合掌祷告……

两个星期后,小豹康复了!二叔悬着的一颗心,放下了。几天后,二叔不但收到羊的赔偿款,还得到了一个大大的奖状——"保护野生动物先进标兵"。

终于,这场良心的战争结束了,二叔是正确的、善良的,好人自有好报,故事结尾耐人寻味,令人深思。

点 评

"善有善报,恶有恶报"这是平时我们总会听到的话,它不仅仅指人与人之间,更是指人与动物之间,良心与良心之间。本文记叙的是一件触动人心的事:二叔的良心拷问。对错就在那一念之间。一系列的外界干扰并没有使二叔的信念改变,他的良心还在。小豹是一个线索,围绕着它展现出人们的善良,塑造了一个温馨、和谐、尊重生命的社会。

梅贺臣 ◎ 评

━━ **知识链接** ━━

金钱豹,又称豹、银豹子、豹子、文豹。体态似虎,体重50千克左右。头圆、耳小。全身棕黄而遍布黑褐色金钱花斑,故名。还有一种黑化型个体,通体暗黑褐,细观仍见圆形斑,常被称为墨豹。

豹的体能极强,视觉和嗅觉灵敏异常,性情机警,既会游泳,又善于爬树,成为食性广泛、胆大凶猛的食肉类。善于跳跃和攀爬,一般单独居住,夜间或凌晨、傍晚出没。常在林中往返游荡,生性凶猛,但一般不伤人。

文 / 马国福

慢下来　等等灵魂

　　也许，在这个飞速发展进步的时代，我们该给自己一个刹车，慢下来，等等灵魂。我们应该审视一下自我，是否在进步和享受的同时遗失了些什么？

　　我们只顾着赶路，把灵魂丢在后面，生命里许多美好的事物如同挂在我们脖子上的珠子，我们急于奔跑、用力追逐、渴求收获，绷断了脖子上的彩线，彩线串起的珠子一颗一颗掉了，被身后的烟尘淹没，而我们浑然不知。我们快步前进，忽略了路上一朵花对我们的微笑，一颗草默默在身后捧出的芬芳，一只鸟在头顶自由飞翔划下的美丽弧线。灵魂，像蝌蚪，游离到别的水域，找寻新的风景。

　　在单位，我们被快节奏的效率牵绊；在路上，我们被飞速运转的车轮牵引；在生活中，我们被远处可望不可及的目标诱惑。看得见的，看不见的规则约束着我们；有形的，无形的鞭子驱赶着我们，我们攀比地位、财富、装饰、收获、拥有，似乎自己慢一拍，就被世界抛弃，一些美好被脚步碾落，一些东西生锈了，一些田园荒芜了。心，因此麻木，这委实是生命的一种悲凉。一路上，烦恼、不安、苦痛接踵而至，成为心理暗疾，于是，我们的身体和灵魂处于亚健康状态。

　　一位诗人说"生活是一种慢"。他看透了生命本质。灵魂原本是自己的私家花园，为什么因别人攀比

开篇点题，引出下文。

　　运用了比喻的修辞手法，把生命中美好的事物比喻成珠子，写我们在无意间丢了这样美丽的珠子，我们并没有在意这些事物的珍贵。

　　运用比喻的修辞，形象生动地将抽象的灵魂具体地表现出来。

　　用比喻的修辞，体现出"快"永远只存在于表面，只有"慢"才能改变内在。

的眼光,幸福的标尺而改变自己花园的颜色,转变自己人生淡定的节律呢?慢下来吧,聆听慢的韵律,领略慢的意境,体悟慢所蕴含的丰富和宁静。

唯恐落后于别人的人,他的灵魂与自己的距离最远。"快"往往容易让人误入歧途。慢下来,等等灵魂,做自己的主人,看一个丰富的生命怎样身心如一,悠然行走在茫茫天地间,以自己的风骨,给这个喧嚣不安的世界画下一帧独特风景。

"快"并不意味着一种成就和享受,"慢"并不代表着落后和疲惫。如果说"快"是一种形的进步,那么慢何尝不是一种"神"的塑造和提升?"快"展示外表形象和力量,"慢"凝练内在达观和境界。

快捷、快感、快乐、快活,这诸多的"快"暴露了现代人急功近利、贪图享受的心理。享受无可厚非,只是因为急于进步,处心积虑的"快"所滋生攫取、占有,享受心理让我们的灵魂孤单地游走在身后,我们把它弄丢了。这么多的"快"如同一晌繁华、过眼烟花,当烟花散尽,风光不再,一切归于寂静、平淡、缓慢时,灵魂才以"慢"的姿态直抵生命本质。

我们为什么要"快乐"呢?"慢乐"不是更好吗?慢,拉长了生命的体悟历程,让人在体悟中丰富内心,享受宁静。所以,节日里,我不祝亲朋好友快乐,我希望他们慢乐,以慢的心态,把"乐"的时光拉长,而不像如烟花般绚丽的"快",瞬间即逝,更容易让人从巅峰失落到低谷。

一次旅途中有个导游和我们开玩笑说"来来来,快快来,慢慢走,如果遗憾就回头"。是的,人生所有的美好就在那慢慢的一回头之间。他说出了人生的某种真谛。我们一辈子被固定在某个环境,某种职业,某个线路,某个位置,我们从此以为这些固定的椅子、轮子、路子就是自己的腿脚,在岁月的浣洗中,心因此倦怠黯淡,灵魂和我们离散。我们很有必要走走神,慢慢到另一度空间访问游走一下,去擦亮一些花

再次点明主题,层次递进。

再次对比,说明"快"只能是一瞬间的美好,而"慢"才能直抵生命本质。

反问句的使用起了强调的作用,过渡自然。

人生并不是为完成任务而生的,而是为体会完成任务时的乐趣而生的,让过程慢下来,也让自己的人生慢下来。

火，领略一番慢趣，看云卷云舒、花开花落、人来人散。

慢下来，等等灵魂，让它回到我们的内心，亲密无间，一起上路慢慢品尝生命的欢喜忧伤、苦乐时光，多好！

这样的人生，才是最无悔的。

点明主题，升华主题，耐人寻味，意义深远。

　　本文主要写快与慢之间人们所遗失的美好。意在让生活在一片慌乱中的人们放松自己，使心灵得到休息，多关注一些事情及世间万物的美好，从而减压，让人生慢下来，留住生命中的美。

刘子衿 ◎ 评

━━ **知识链接** ━━

慢活族

　　2007年8月教育部公布的171个汉语新词之一。倡导放慢生活节奏的人，从慢吃到慢疗，从慢慢购物到慢慢休闲应有尽有。近年来，从英国刮起了"慢活"风。慢活运动劝导人们放慢生活节奏，让精神和身心都得到放松，"慢活族"提倡慢工作，慢运动，慢阅读。慢活并不是蜗牛化，而是追求平衡，该快则快，能慢则慢。放慢速度，关注心灵成长，动手劳动，注意环保。做个慢活族首先要关掉手机，关上电视，空闲的时间可以做很多事哦，不过要做有意义的事。步行上下班，改掉性急的毛病，远离喧嚣的人群，同时也有益健康。

文／小黑裙

迟到的玫瑰

引出事件，为下文设下悬念。

情人节那天中午，接到母亲的电话，沙哑的声音里隐带哭腔，我意识到家里出了事。果不其然，母亲说外公失踪了，我心里陡然一惊，赶紧坐车前往母亲家。

回到家，母亲迎了上来，急切地说："上午9点多钟，你外公说出去一会儿，我以为他到楼下溜达，谁知半天不见回来。"母亲红了眼圈，声音哽咽起来，"你父亲外出寻找，让我在家里等电话。自从你外婆走后，外公的精神不太好，要是有个三长两短，可怎么……"

我握着母亲的手，轻声劝道："别担心，外公不会有事的。"话虽如此，心里还是有些忐忑不安。望着桌上的全家福，我想起母亲讲过的外公外婆的故事。

以"桌上的全家福"引出外公外婆的故事，以及外公与外婆之间的深情作铺垫。

那年家乡遭灾，18岁的外婆随父母外出逃荒，流落到河南。谁曾想，父母身染重疾，双双去世。风雪交加的夜晚，外婆来到村庄，又冷又饿的她想讨碗饭吃。走近一户人家，正准备敲门，只觉眼前一黑，顿时失去了知觉。

承上启下，自然过渡，交代相遇的一幕。

外公到院里劈柴，发现了昏倒在门前的外婆。他喊来家人，把外婆抬进屋里，冻得浑身僵硬的外婆，渐渐缓过气来。外公递上两个馒头，又端来一碗热汤，外婆感激地接过这救命的食粮。

外公的家人见她极度虚弱，留她暂时住下，外婆的身体才得以恢复。为了答谢外公一家的恩情，她天不亮就起床，烧水做饭，里里外外忙个不停。外公的父母觉得外婆秀美灵巧，又孤苦无依，就问她是否愿意嫁给外公。外婆两颊桃红，轻轻地点头，就这样，成就了一段好姻缘。

对外婆的神态描写，生动形象地体现出了外婆的害羞。

光阴荏苒，外公外婆相伴走过几十年人生风雨路，如今已是儿孙满堂。外公的脾气有些急躁，家人都惧他三分，唯独在外婆面前低声细语，他说外婆年轻时吃过不少苦。原来，在他那看似粗糙的外表下，隐藏着一颗柔软的心。

对比，交代出外公对外婆浓厚的感情，以及外公的细腻和内心的柔软。

去年，外公外婆结婚纪念日，家人聚在一起为他们庆贺。我笑着说："外公，在这个特别的日子里，你应当送外婆一束玫瑰花。"外公搓着双手，神色有些发窘。母亲忙说："别闹了，快端菜去。"

点出"玫瑰花"，为后文外婆去世后，外公的举动埋下伏笔，作铺垫。

没想到此后不久，外婆突然患了重病，昏迷不醒。在医院里，外公俯在外婆耳边，唤着她的小名——春妮。外公深情的呼唤，没能留住外婆，两天后，外婆驾鹤西去。

"我"不经意的一句玩笑话，外公却当了真，足以看出外公对外婆浓厚的爱。

外婆走后，外公一下子苍老了许多，时而清醒，时而糊涂。清醒时，他望着外婆的照片发呆，糊涂起来，就追问母亲："春妮去哪了，怎么还不回家？"母亲哄道："她在医院治病呢，病好了，就回来。"

外婆去后，外公的表现。从侧面烘托出外公对外婆深厚的感情。

想到这里，电话铃响了，是父亲打来的，说对面楼上的李峰上午见过外公。李峰捧着玫瑰花往家走，看见外公，主动上前打招呼，"爷爷散步呢？"外公怔怔地说："呃，我要玫瑰花。"李峰抽出一枝递过去，"爷爷，送给谁呢？"外公喃喃地说："我去医院……"

再次提到玫瑰花，衬托出外公虽没有意识到外婆已去世，但还记得送玫瑰花给外婆。

我和母亲赶紧下楼，跟父亲一起赶到外婆以前住院的那家医院。

到了病房，母亲问医生："有没有见到一位80多岁的老人？中等个子，穿件藏青色的棉袄。"医生说："刚才有位老人，在这里转悠。我跟他讲这是病房，不能随意出入，刚把他劝走。"

我们正要离开，忽见病房的窗户外，有张苍老而熟悉的面孔——外公颤抖着手，将一朵娇艳的玫瑰花放在窗台上。那一刻，母亲的眼泪扑簌簌地落了下来。

动作描写，生动形象地写出了外公的认真与仔细，点出他对外婆深深的爱。

想起《半生缘》中一句：我要你知道，在这个世界上，总有一个人是会永远等着你的。这朵迟到的玫瑰，是外公心底深情的独白。远在天堂的外婆，你可否闻到一缕馨香，听到这最动人的吟唱。

点明主旨，升华主题，耐人回味。

点评

"这个世界上，总有一个人是永远等着你的。"这句话在本文的结尾出现显得是那么美丽。外公颤抖的手中拿着玫瑰，散发着最醉人的芳香。这处呼唤，是世界上最美丽，最深情，最浓厚，最动听的声音。

"执子之手，与子携老"，这是恋人之间最大的心愿。愿天下有情人能终成眷属，相濡以沫共渡美好的一生。

邢天祺 ◎ 评

知识链接

玫瑰是爱情的象征，玫瑰的花语，即是爱的话语：1朵玫瑰代表：你是我的唯一。 2朵玫瑰代表：这世界只有我俩。3朵玫瑰代表：我爱你。4朵玫瑰代表：至死不渝。5朵玫瑰代表：由衷欣赏。6朵玫瑰代表：互敬互爱互谅。7朵玫瑰代表：我偷偷地爱着你。8朵玫瑰代表：感谢你的关怀、扶持及鼓励。9朵玫瑰代表：长久。10朵玫瑰代表：十全十美，无懈可击。11朵玫瑰代表：最爱只在乎你一人。99朵玫瑰代表：天长地久。100朵玫瑰代表：百分之百的爱。108朵玫瑰代表：求婚。144朵玫瑰代表：爱你生生世世。365朵玫瑰代表：天天想你。

文／阿　得

伸手点燃成功的灯

我从一本讲成功人的故事的书上记下这样一句话:"每一个故事的开始都是一个衣衫褴褛的英雄走上某条危机四伏的道路,单枪匹马地去和那些巨人征战。"

那些英雄是谁?那些巨人是谁?

如果划定时间来看我们每一个人,我们都有可能是一个地地道道的失意者、失败者,我们从那苍凉的空白地段徘徊而过,为自己的心设计这样或者那样的忧伤。

但现在,我们已不可以再说我们的时间还很多啊!也许,你受到过伤害;也许,你受到过挫折;也许,你根本还没有冷静下来思考你的生存本意;也许,你一直认为你的一生就应该是这样度过。现在,我们在人生的路口停下脚来检点自己的一切,我们是否能够证实我们的拥有和缺欠?

是的,我们劳累的心要充填一点勇气。

我们需要幻想———伸手,就点燃那盏成功的灯。

是不是这样呢?

我们拥有年轻,但我们缺欠目标;

我们拥有目标,但我们缺欠恒心;

我们拥有恒心,但我们缺欠技巧;

文章开篇引用此语,甚为精妙。既引出了下文,又起到另一作用——设下悬念,把"英雄""巨人"二者的概念抽象化。如果读下去,就会明白,其"英雄""巨人"这两个概念既是相互对立,又是相互统一的。

这表现了困难坎坷在人生中是必不可少的,谁都经历过。

对人们生活态度的一种批判,有些人经不起大风大浪,一但受挫,就一蹶不振,这是因为他没有冷静反思自己。

此语妙哉,妙哉!多少人只是自怨自艾,怨时运不济,怨世态炎凉,但是谁也没有反思过,自己拥有什么?拥有一双手,一个聪明的大脑,无论是谁,都有生命,有战胜困难的勇气。

战胜困难的勇气，是我们所拥有的，也是我们最欠缺的。勇气，想来时它便来，想去时它便去。这一切都是自己的意志决定的，所以说，只有勇气，才能战胜最强大的敌人。用幻想点亮一盏灯，这才是文章的中心线索，与题目相照应。

我们拥有技巧，但我们缺欠机遇。

通往神圣殿堂的门，从不剥落它朱红的油漆，寥寥如星的前行者也许并不代表真理。灰色的大幕下，我们分辨自己的角色，在一台有关人生的大戏中，每个人还要导演每个人的悲喜剧。

可那条长长隧洞的彼端，排放着数以亿计的火把啊，无论是谁都有一盏属于自己的灯！

前行的，落后的，坚定的，软弱的。一条同样的路上行进着持有同样条件的人。要么你流汗，要么你轻闲；要么你流血，要么你休眠；要么你幻想，要么你实干！总之，你手中的啤酒瓶子和财富是同等的概念。

要么，你就一直沉默。

但是，你千万不要抱怨。

事情也许就这么简单，事情也许就是这样——你一伸手，就点燃一盏成功的灯！

这段话非常有哲理，点出了成功者与失败者的区别，也点出了失败者之所以失败的原因。升华了主题。

知道了？

那些英雄是你，那些巨人也是你。

罗兰说："成功不是偶然的，失败也不能全怨命运。你想要的，上帝自会给你，只要你说得明白。"

——我们每个人原本都有一条看不见的金线！

每一个人，一生扮演一个角色，但是，这角色自己可以努力演得更好。

这句话鼓励人们不要放弃如此多的灯，谁都可以去点亮，只要你肯伸手。

文章最后点题，在全文大量论述的基础上指明了上文留下的悬念的意义。"英雄""巨人"都是自己，只有能够战胜自己的人才是真的英雄，是画龙点睛之笔。

王雨生 ◎ 评

=== 知识链接 ===

罗兰，原名靳佩芬，中国台湾作家，1988年深圳海天出版社首次向中国内地读者推介台湾作家罗兰和她的作品，其后陆续出版了《罗兰小语》、《罗兰散文》以及部分书信体文集和论文集，获得极大反响，在中国内地迅即形成"罗兰热"。

文／薛 峰

永远不要害怕改变

　　20岁那年，韩颖从厦门大学毕业，被分配到中国海洋石油总公司。对这个职位，很多人都是十分羡慕的。可几年后，她毅然丢掉铁饭碗，离开这个工作，加入到惠普(中国)公司，在财务部工作。

开篇指出一个人生的转折，吸引读者阅读兴趣。为下文设置悬念。

　　对她这个选择，家人和朋友很疑惑。但她很坦然："人生什么时候改变都不会晚。"

阐明了中心论点，"人生什么时候改变都不会晚"。

　　到惠普公司一上岗，韩颖就来了个大动作。那是80年代末，员工没有工资卡，每次发工资都由两个人手工完成。同事负责点钱，韩颖负责核实。

　　公司有300多人，当时也没有百元大钞，厚厚的一叠钞票，一张张核实，数得她头昏眼花。韩颖心里想，每年每月都如此发工资，太复杂了，既浪费时间，又容易出错，有什么办法可以改进呢？

　　又是紧张的一天结束了。下班后，韩颖疲惫不堪。路过公司附近的一家银行时，她突然灵光一闪。她想：公司的员工领到钱后，还不是把大部分钱存到银行去了，谁也不会一下子把一月工资花完。既然这样，何不让银行代发工资……次日一大早，韩颖找到银行的负责人，希望能为公司300多员工开户："我将每月的工资总数直接存到银行里，员工凭存折领取工资。"

经过努力首先提出设想，付出行动，从侧面烘托出主人公善于发现生活中的细节。

　　银行的人有些犹豫，因为从来没有人这样做。

韩颖说："这样银行会有一笔数目不小的存款，有百利而无一害，是好事啊。"

经过她的再三解释和劝说，银行方面终于同意了。

于是第二月发工资时，韩颖兴奋地在财务部外面贴了张告示，告诉大家今后领工资不用排队等候了，直接拿着存折，到下面的银行领取就行。

但事情并不像她想象得那么顺利，每个拿到存折的员工似乎都不太满意，在财务科站着，面有愠色地议论纷纷，韩颖心里忐忑不安，直属领导传人来找她了。

一进办公室，韩颖就被批评了一顿。领导说她犯了两大错误，一是为了自己轻松，让300员工自己取钱，自私；二是贴大字报宣传，不经领导同意就擅自行事，放肆。领导声色俱厉地让她回去检讨自己。韩颖回到财务室，努力忍住才不让眼泪掉下来。她心里有疑虑，难道自己真的做错了？让员工免受排队领工资之苦，抽空到银行领钱，难道有错吗？提前替员工把钱存到银行里，有什么错？告知大家难道有错吗？

就在这时，上层的外方领导也传话来了。韩颖以为要受到更大的责备，当她忧心忡忡来到外方领导办公室时，看见对方赞许的笑脸，心里的一块石头落地了。上层外方领导肯定了韩颖的做法，他赞许地说："你改写了公司5年来手发工资的历史，这种勇气和创新精神非常值得嘉奖。"韩颖这一年因此被评为惠普公司年度优秀职员。

这件事，成为韩颖职场生涯的转折点，她因此被评为惠普公司年度优秀职员。在大会上，她意气风发地说："永远不要害怕改变，改变里就有契机，它会让你成熟，更了解自己的能力极限。只要你是一只绩优股，投资者总会认识你，认可你，并且长久地支持你。"

如今，韩颖已是亚信科技(中国)有限公司执行

一次大的转折让读者刚刚为她的才干惊喜时却让读者又为她的处境担忧，大起大落，吸引读者，一波三折。

连续几个疑问的使用，将主人公内心的矛盾充分体现出来。

领导的话终于让读者的心落了下来，同时也为韩颖高兴。

再次点明主题，表明作者的观点。

副总裁兼财务总监。2009年,她凭着对亚信的财务管理所作出的突出贡献,成为3月17日出版的英国著名的杂志《ASIA CFO》的封面人物,被该杂志评为"亚洲CFO融资最佳成就奖"和"中小企业财务管理特别优秀奖",是此奖设立以来获奖的中国第一人。

"永远不要害怕改变",这是韩颖给我们的启示。拥有创新的动机和思维,不害怕失败,敢于表达自己的想法,这会让你更加接近成功。

点明中心深化主题,起到了画龙点睛的作用,发人深省。

点 评

　　文章主题鲜明、条理清晰、语言简练,通过讲述韩颖的故事,使我们不禁对成功充满渴望,但渴望的背后更应该让我们悟出一些道理,转变什么时候都不晚,只要你肯努力,只要你肯拼搏,人生就会有意想不到的惊喜。转变可以认为是变数,但我们需要的是好的变数,让自己处于新的境界。

王冠杰 ◎ 评

═══ 知识链接 ═══

　　厦门大学是教育部直属的全国重点大学,由著名爱国华侨领袖陈嘉庚先生于1921年创建,是中国近代教育史上第一所由华侨创办的大学,也是中国唯一一所地处经济特区的"211工程"和"985工程"重点建设的高水平研究型大学。该校是我国最早开展研究生教育的三所大学之一,被誉为"南方之强,学校依山傍海,建筑独特,风景秀丽迷人,被誉为中国最美的大学校园。

文/纪广洋

学生时代的检讨

开篇点题,开门见山。引出检讨对于"我"的重要性。

艺术来源于生活而高于生活。这段描写真实地再现了"捣蛋"的初中生活。幽默、风趣。

生动形象地讲述了我们初中生活的丰富多彩,非常调皮也说明检讨书的由来。

"熬了半灯油"生动地表现了"我"对检讨书的认真程度。

说来也许别人不信,是一次写检讨改变了我一生的命运。

我上初中二年级的时候,是全校有名的"捣蛋包",成绩特差又惹是生非,经常影响班级纪律,多次受到老师的"点名"和"邀请"。不过,那时我倒是迷恋一些连环画和"手抄本"什么的,光是老师在上课的时候从我手里收去的乱七八糟的"课外书",就没少充实了学校的图书室;光是老师在初二的下学期截获的我为别的男生代写的"情书",就有多半抽屉。可是,老师布置的作文我却一篇也没写过。就在我破罐子破摔,对学业漠不关心、心灰意冷之际,刚调来不久教我们语文的班主任李老师把我叫到他的办公室,先是掏出那些"情书","夸奖"了一番我的"杰作",接着,就特别严厉地要求我写一篇检讨。我有些不服气,理都没理他,就那么愣愣地站着。李老师看我没吭声,便大声呵斥道:"既然能写那么多'非常好'的'情书',就一定能把检讨书写好,这次你必须好好写,不然,别想过这一关!"

我尽管调皮捣蛋不听话,可对新来的李老师还是有几分畏惧和尊敬的,再加上惹他发了这么大的脾气,我对他要求写检讨书的事,便重视起来。我用了大半夜、熬了半灯油,终于写成一篇有真情实感、言之有"物"的长长的检讨书，在第二天上课之前主动交给了李老师。课间休息时，李老师又把我叫到他的办公室，先是肯定了我完成"任务"的态度。接着又说："写得比较实在、比较好，不过有些句子不太通顺……内容也太单薄、太单一、太直白，可以再充实一些细节和感想，修改后再给我。"

我听得出李老师的语气里分明有了一种嘉许的成分，心里也愉悦、自信了许多。于是，在下一节的自习课上，我又非常认真地修改了几遍，放学之前再次主动地交给了李老师。当李老师接过我用作文本认认真真地重新抄写过的检讨书时，他重重地拍了一下我的肩膀——他的嘴抿得紧紧的，微微地点了点头——他的眼底闪烁出一种震撼我灵魂的光芒——我的双眼立刻热辣辣的……

之后，在李老师苦口婆心、孜孜不倦的鼓励和指导下，我这篇几易其稿的作文形式的检讨书，或说检讨书形式的作文，成了我写作生涯的处女作——先是我在校会上读，后是李老师在班级上读，再后来又以范文的形式上了学校的黑板报、编入铅印的作文选。

自此，我不但喜欢上了作文，其他课也很快跟了上来。初中毕业时，我以全班第一名的总分成绩考入重点中学。同年，我的一篇作文经老师推荐参加了首届华东六省市的中学生作文比赛，并获了奖。

十几年过去了，而今，我写的文章早已上了沪教版的《语文》课本，入选初中语文优质课展评教材，入选高考和中考试卷。出版的个人文集已有七本被中国国家图书馆以及牛津大学图书馆、纽约皇后区图书馆、德国国家图书馆、新加坡国家图书馆、加拿大麦吉尔大学图书馆馆藏。并入选由共青团中央、教育部、新闻出版总署组织评选的"百套全国青少年喜爱的优秀图书"，入选《华夏文化·年终特刊》评选的"感悟人生十本书"，入选中国"农家书屋"工程，并获得"年度全行业优秀畅销书"荣誉称号。

老师表扬"我"写的检讨书，从侧面烘托出老师的教育方式别具一格。

神态、动作描写生动传神，暗含着"我"受鼓励时的振奋，以及老师的赞扬对"我"一生的影响。

检讨书使"我"爱上写作，为下文比赛获奖作铺垫。

通过写"我"获奖之多，来表现那篇检讨书对"我"影响深重。烘托出主题。

首尾呼应，结尾扣题，点明中心，思路清晰。

回首往事，我特别感念李老师，感念学生时代的那次检讨。

 点评

　　每个人都有学生时代，每个人都有写检讨书的经历，但并不是每个人都像本文作者那样有着深远的改变和人生的蜕变。

　　作者从初中二年级时候写检讨书——平常生活中的一件小事写起。从"任务"到"认真地修改了几遍"，又到在"校会上读"，再到"李老师在班级上读"，"再后来又以范文的形式上了学校的黑板报、编入铅印的作文选"，层层递进，使作者爱上写作的快乐。于是作者从"成绩特差""惹是生非"慢慢变成了"初中毕业时，全班总分第一"。作者在一步步成长，真可谓是奇迹。

　　本文主题鲜明，思路清晰，"一篇检讨书改变一生的命运"，以小见大。文章首尾呼应，使前后衔接自然连贯，内容完整，结构紧密，脉络清晰，给读者留下清晰深刻的印象。本文没有华丽的词藻，语言朴实，却使这件小事跃然纸上，贴近生活，使读者如身临其境。

　　由此可见，改变人生的并一定是多么惊天动地的大事，也许只是一件小事，一篇好文章。关键是要培养兴趣之所在，找到自己感兴趣的事情，坚持不懈、坚定不移地做下去。以心向往为动力，成功其实并不遥远。

王天令 ◎ 评

=== **知识链接** ===

　　一句普普通通的赞美有时可以改变一个人的一生。美国著名人际关系学大师、西方现代人际关系教育的奠基人戴尔·卡耐基小时候被公认为坏男孩。在他9岁时，父亲把继母娶进家门。父亲向继母介绍卡耐基时说："亲爱的，希望你注意这个全郡最坏的男孩，说不定明天早晨，他就会拿石头扔向你，或者做出你完全想不到的坏事。"出乎卡耐基意料的是，继母微笑着走到他面前，托起他的头认真地看着他，接着对丈夫说："你错了，他不是全郡最坏的男孩，而是全郡最聪明最有创造力的男孩。只不过，他还没有找到发泄热情的地方。"继母的话说得卡耐基心里热乎乎的。就凭着这句话，他和继母开始建立友谊，也就是这句话，成为激励他一生的动力，使他日后创造了成功的28项黄金法则，帮助千千万万人走上成功之路。

文/吕保军

父亲的至理名言

做教师的父亲从小爱好书法,他把教学以外的时间都用来练字,几十年从未间断。他常这样自豪地告诫我们:追求嘛,就要认准一个目标,一直走下去。不能心有旁骛,这样才能成功。人生的价值在于,追求之后,在你所喜好的领域获得一席之地。父亲常给我们讲小时候练字如何艰苦,比如:漫天大雪时,就在雪地上拿根树枝比划着练,双手冻得通红也舍不得停下。追求嘛,没有这点毅力和恒心,能成么?

终于,父亲在书法艺术上有了成就,光获奖证书就有一大摞,不是金奖就是银奖,最次也是一等奖。他在书法界有了名气,前来慕名求字的人络绎不绝。父亲说:你们看,这就是成功。一个人追求理想,好比在一条笔直的大道上前行,你要双眼盯着前头,望着远方闪闪放光的理想之塔,一直走一直走,千万不要停留。但是追求并非在长长的隧道中跑步,两边也不是陡直的峭壁。相反,追求之路的两侧风景很美,开满了美丽的鲜花,总诱惑着你不能一心一意地朝前迈进!这时候,你一定要牢记:风景再美也千万不要迷恋。如果你和你的目标是两个点的话,你就要沿着一条直线不停地走。只有照直走,才能最快抵达成功。

父亲的谆谆教诲,深深地影响了我。参加工作后,我除了钻研专业,就一头扎进自己喜欢的写作领

写出了父亲的爱好,和父亲追求成功的过程,并引出父亲的做事准则,为下文作铺垫。

反问句的运用,起了强调的作用,将父亲的努力反衬出来。

运用比喻的修辞手法,将"一个人追求理想"比作"在一条笔直的大道上前行",将"追求理想中的困难"比作"路两侧的美景",生动形象地写出了父亲认为想要取得成功就要照直走。也为下文父亲否定自己的准则作铺垫。

父亲"照直走"的准则影响了"我",当"我"认真实践这条准则时,父亲却否定了它。父亲一生只追求成功,却忽略了兴趣培养,以至于老年无所事事,父亲追悔莫及,也与上文父亲"照直走"的人生准则形成对比,同时也告诫人们:"人生不只要有追求,也要有自己的爱好,不要被成功束缚",为下文提示主旨埋下伏笔。

域埋头追求。没想到这时候,父亲竟来了个一百八十度的大转弯,一下子全盘否定了自己一生的做事准则。

退休后的父亲,安享含饴弄孙的幸福晚年。他总希望小孙子从小培养广泛的兴趣爱好,不要像他一辈子钻进牛角尖,出不来。原来父亲突然发觉,自己竟成了个局外人,除了看看书、写写字这点爱好,别的方面竟一无所知,更不要说处理复杂的人际关系了。做饭,父亲不会,看别人在厨房忙得不亦乐乎,他却无法享受烹饪美味的乐趣;打扑克下棋,父亲不会,看别人跟对手杀得天昏地暗,他却无法享受输赢竞争的乐趣;父亲甚至连聊天也不会了,听人家山南海北的闲扯很过瘾,轮到他自己了,除了几句客套,连一句闲嗑也不会唠了。父亲因为平时不怎么关心闲杂事,也没多少可说的,才发现扯闲篇扯得好,让别人听得津津有味,也是一种本事哩。

父亲追悔莫及地说,我发现自己活得很失败。花一辈子追求光阴,到老了成名成家了,可除了一堆没有多少炫耀价值的奖杯奖牌,剩下的就只有努力再努力的强大压力,和一生抹不掉的艰涩回忆,没有一点快乐可言!追求到了一定的高度,其实觉不出有多大意义。直到淡泊名利的晚年,才觉出其实是被声名所累了。人生,不可能只有书法这一个事情。很多人并没有成名成家,却活得很踏实、很快乐。

父亲用他一生总结的经历告诉我们:人生照直走,也别忘了朝两边看。揭示全文主旨。

升华主题,首尾呼应,令人深思。

父亲说,我光知道一路向前照直走了,没有朝两边的风景看上一眼。生活其实是丰富多彩的,不能一条道走到黑,追求就是快乐地寻找。当你踏上人生之旅,沿途许多优美的风景都值得你驻足欣赏。只要带着快乐的心境去追求,你会惊喜地发现,随处都有梦想中的伊甸园。

全文通过父亲一生追求成功，功成名就时发现人生除了成功还有其他的事情值得去做。父亲的做事准则也从一天开始的"照直走"，提升为"人生照直走，也别忘了朝两边看"，这为我们揭示了人生中重要的做事准则。

　　正如文中父亲所说的：一个人追求理想，好比在一条笔直的大道上前行，你要一直走，一直走，千万不要停留。但追求之路的两侧风景很美，开满了美丽的鲜花，你需要抵制这种诱惑，却也不能将它们拒之门外。你要适当去学会驻足欣赏沿途的风景，为自己的生活增添一抹亮丽的色彩。

　　人生就应该活得多姿多彩，活出属于自己的精彩。

陈嘉慧 ◎ 评

知识链接

　　淡泊名利是超脱世俗的诱惑和困扰，实实在在地对待一切，豁达客观地看待生活。居里夫人名闻天下，但她既不求名也不求利。她一生获得各种奖金10次，各种奖章16枚，各种名誉头衔107个，却全不在意。有一天，她的一位朋友来她家做客，忽然看见她的小女儿正在玩英国皇家学会刚刚颁发给她的金质奖章，于是惊讶地说："居里夫人，得到一枚英国皇家学会的奖章，是极高的荣誉，你怎么能给孩子玩呢？"居里夫人笑了笑说："我是想让孩子从小就知道，荣誉就像玩具，只能玩玩而已，绝不能看得太重，否则就将一事无成。"